小学館文庫

十津川警部

仙石線殺人事件

西村京太郎

小学館

十津川警部　仙石線殺人事件

装丁　盛川和洋
カバー写真　アフロ／Adobe Stock

目次

第一章
石巻以北

1

松島《まつしま》観光のルートは、いくつかある。そのうち、いちばんよくしられているのは、仙台《せんだい》駅から仙石《せんせき》線に乗るルートだろう。

仙石線は、仙台から松島海岸を通って、石巻《いしのまき》まで通じている。いや、正確にいえば、仙台駅の前に、あおば通《どおり》駅がある。仙台市内にある駅で、一見したところ、市電の車庫のように見える駅である。

あおば通駅から仙台駅までは、所要時間一分、距離にすれば、わずか五百メートルの近さだから、観光客であおば通駅から乗る人は、ほとんどいないのかもしれない。

東日本大震災のことを考えながら仙石線に乗って、途中の松島海岸で降りれば、目の前に、コバルトブルーの海が広がっている。昔どおり島々も点在し、純白の観光船がいききしていて、観光客の歓声もきこえる。

一見したところ、あの東日本大震災の痕跡は、どこにも見られない。

しかし、松島海岸では降りずに、終点の石巻までいくと、少しずつ、様相が違ってくる。

仙石線は、終点が石巻だが、そこから先は石巻線が通っている。乗り換えて終点の女川《おながわ》までいくと、女川の町は地震と津波で大きな被害を受け、そのことで、全国的にもしられている。

町には、ようやく復興の足音が響いて、女川駅には〈祝　石巻線全線開通〉という文字も見えるし、石巻駅周辺の観光施設も見事に再建されているが、その一方で、女川の町には、地震と津波を忘れないようにと、思いをこめた〈女川いのちの石碑〉が建てられている。

何しろ、その時、女川の町を襲った大津波は、十六メートルもの高さに達し、一瞬にして、町の八割に甚大な被害を与えたといわれている。

石巻線の女川の駅は復興しているが、同時に、ここを訪ねてくる人は〈女川いのちの石碑〉を見ることも必要だろう。

この石碑には、次のような言葉が刻みこまれている。〈千年後の命を守るために〉の文字である。

〈東日本大震災で、多くの人々の尊い命が失われました。地震後に起きた大津波によって、ふるさとは飲み込まれ、かけがえのないたくさんの宝物が奪われました。

「これから生まれてくる人たちに、あの悲しみ、あの苦しみを、再びあわせたくない!!」その願いで、「千年後の命を守る」ための対策案として、

①非常時に助け合うため普段からの絆を強くする。

②高台にまちを作り、避難路を整備する。

③震災の記録を後世に残す。を合言葉に、私たちはこの石碑を建てました。

ここは、津波が到達した地点なので、絶対に移動させないでください。もし、大きな地震が来たら、この石碑よりも上へ逃げてください。逃げない人がいても、無理矢理にでも連れ出してください。家に戻ろうとしている人がいれば、絶対に引き止めてください。

今、女川町は、どうなっていますか?

悲しみで涙を流す人が少しでも減り、笑顔あふれる町になっていることを祈り、そして信じています。

二〇一四年三月　女川中卒業生一同〉

つまり、この石碑は、大きな被害を受けた宮城《みやぎ》県女川町の女川中学校の卒業生た

ちが、千年後に備えて建てたものなのである。

　この女川から先の海岸線には、何も残っていない。あの大震災のあと、人々は、高台に家を建てるようになり、津波で破壊された家、あるいは、商店、施設などはすべて整理されて、かつてそこに、家々が並んでいたことなど、想像もできない、一面の荒野になってしまっている。

　その海岸のある地点に、十年前、一隻の豪華客船が、係留されていた。

　八千トンの、北欧の貴族のひとりが所有していたという豪華客船である。それを、日本のある企業が買い取り、この海岸に、海に浮かぶホテルとして係留し、観光客を集めていたのである。

　船籍こそ古いが、今でも、優雅な船体をしており、船内には豪華な客室がいくつも、造られていた。

　客船を買った日本の観光会社は、海岸から百メートルほど先に、クラシックな豪華客船を係留し、そこまで、海岸から木造の桟橋を造って、歩いていけるようにした。

　客船の名前は「グズマン二世号」だったので、それを、ホテル〈グズマン二世〉に変えたのである。

　船内には、北欧料理を食べさせてくれるレストランがあり、一度に三十人の観光客が、泊まれるだけの客室が、用意されていた。

そして、船までいく桟橋の袂には、会社の事務所があり、そこで、観光客を受け入れるようになっていた。

その豪華客船での食事と、宿泊が、売り物になっていた。

その豪華客船のホテルのことを、週刊誌が取りあげてくれて、東北を訪れる観光客のひとつの楽しみにも、なっていた。

ところが、平成二十三年三月十一日金曜日に、発生した東日本大震災によって、女川町や南三陸町《みなみさんりく》は、大きな被害を受けたが、ホテル〈グズマン二世〉も、その優雅な姿を、消してしまった。陸地と船を結んでいた桟橋も跡形なく消え、桟橋の袂にあった事務所もなくなり、もちろん、そこで働いていた社員も、ホテルの泊まり客十二人とホテル従業員十六人も、姿を消してしまったのである。

地震のあと、地元の宮城県が、潜水夫を雇って海中を探索したが、ホテル〈グズマン二世〉は、なかなか見つからなかった。大津波によって、外洋まで流されてしまったのではないかという意見も出た。

その後、ホテル〈グズマン二世〉を経営していた東京の観光会社が、自費で潜水夫を雇い、一週間に一回の割合で、付近の海中や海底を調べたが、それでも、優雅な船体は見つからなかった。

それが、五年後の六月二日になって、金華山《きんかざん》沖の海底に横たわっている「グズマン二世号」が発見されたのである。その写真も、公開された。深さ八十メートルのところに横倒しになっていた。

そこで、会社は「グズマン二世号」を、海面に浮上させることができるのかを諮問し、発見かれば「グズマン二世号」を引き揚げることを考え、専門家に、どうすら十日目の、六月十二日に、引き揚げ計画が実施されることになった。

東北のテレビ局が、震災からの復興の、ニュースのひとつとして、その模様を放送することになった。

津波で沈む時、ホテル〈グズマン二世〉に最後に泊まっていた十二人の泊まり客と、十六人のホテル従業員の名前は、すでに、公表されていて、その引き揚げ計画には、彼等の親族たちが集まることになっていた。

そのなかに、若宮康介《わかみやこうすけ》、二十八歳の名前もあった。

若宮康介は、厳密な意味でいえば、遭難した泊まり客や、従業員の親族でも友人でもない。この豪華客船を購入し、ホテルとして運営していた、東京の観光会社の社員のひとりだった。

会社の名前は藤井《ふじい》観光株式会社、藤井というのは、社長の名前である。

若宮は、その会社の、営業第三課の所属である。一応、肩書は、係長ということになっているが、部下はいない。

実は、五年前、営業第三課課長、柏原恵美《かしわばらえみ》、三十一歳が、ホテル〈グズマン二世〉の船内のリニューアルを担当することになり、その打ち合わせのために、柏原課長は船内に泊まっていて、大震災に遭遇したのである。

柏原恵美の消息のことも調べるようにと、若宮は秘書課長の渡辺《わたなべ》から、頼まれていた。

渡辺は、わざわざ出発の前に、若宮康介を呼んで、

「営業第三課の柏原課長のことなんだがね、五年間も遺体が海中にあったのだとしたら、すでに白骨化していると思うが、もし何か、問題になるようなものが見つかったら、隠して持ってくるか、あるいは、太平洋に捨ててしまえと、藤井社長にいわれているんだ」

と、いった。

「問題になるようなものというのは、どんなものですか？」

「いや、それは、私にはわからん」

「柏原課長のご家族の人もくるんじゃありませんか？」

と、若宮がきくと、

「五年もたって、船がやっと見つかったんだからね、もちろんくるだろうが、これ

はね、藤井社長の命令なんだよ。とにかく、妙な噂が立つのは、会社としても困るからね。そのあたりを、うまくやってくれと、藤井社長に、いわれている」

と、渡辺がいった。

若宮は、課長の柏原恵美と、社長の藤井が妙な関係にあるのではないかという、そんな社内の噂もきいていたから、やはり、噂は本当だったのかと思っただけで、それ以外の興味は感じなかった。

「わかりました。とにかく、何事も報告します」

と、若宮はいって、東京を、出発した。

2

若宮が想像したように、現地には、柏原課長の家族が、きていた。

といっても、両親とか、親戚というのではなくて、柏原美紀《みき》という、二十代の妹がひとりだけだった。

顔は、姉とよく似ていた。若宮は、一目でわかって、自分の名刺を彼女に渡して、

「もし、何か困ったことがあったら、私にしらせてください。何とかしますから」

と、告げた。

横浜《よこはま》から巨大なアームを持つサルベージ船が二隻、函館《はこだて》からも一隻きて、三隻で海中に沈んでいる「グズマン二世号」の引き揚げが開始された。

洋上には、藤井観光が、特別にチャーターした観光船が停泊していて、こちらには親族や関係者が乗りこんで、これから始まる作業を見守った。

「若宮さんは、姉のことを、よくご存じなの？」

と、若宮は、隣にいた柏原美紀に、声をかけられた。

若宮には、こういう質問がいちばん苦手である。

「お姉さんの柏原さんは、課長さんですから、私のような、一般の社員とは違います。ですから、仕事の話をしたことは、何度もありますが、プライベートで親しく、話をしたことはありません」

「でも、若宮さんは、姉の噂を、いろいろと、きいているんじゃありません？」

と、美紀が、いう。

「噂って何ですか？」

「噂は噂ですよ。姉とは、たまに会って食事をしたりしていたんですけど、その度に必ず、なぜか、高価なブランドものを、プレゼントしてくれるんですよ。これって、何かおかしくありません?」

と、美紀がきく。

「おかしいっていっても、課長さんですから、給料も高いし――」

「藤井観光というのは、失礼ですけど、中小企業でしょう?　そこの課長ですから、お給料だって、そんなにもらっているとは思えない。それなのに、私には、やたらに高価なブランドものばかりをくれるんですよ。どう考えても、おかしいと思いません?」

美紀は、おかしいという言葉を、繰り返した。

「そうですかね。私は、別におかしいとは思いませんが」

と、若宮は、苦笑してから、

「作業が始まりますよ」

と、いった。

潜水夫が、海底に沈んだ八千トンの「グズマン二世号」の優雅な船体にワイヤロープをかけ、それを三隻のサルベージ船で、引き揚げるのである。

少しずつ、ワイヤロープが、巻きあげられるにつれて、水面が、泡立ってくる。

しかし、引き揚げ作業は、始まったかと思うと、すぐ、休憩に入ってしまった。

ワイヤロープが外れたら大変なので慎重を期しているという。

親族たちの乗っている観光船のなかで、藤井観光が、食事を出した。

柏原課長の妹の傍にいると、いろいろと質問されそうなので、彼女とは離れて、若宮はひとりで、部屋の隅で、食事をすませることにした。

食事をしながら、船内を見回すと、親族のほかに、数人の男のグループがいることに、気がついた。どう見ても彼等は、親族のようには、見えなかった。

何か小声で話しあったり、じっと海面を見つめたり、カメラを構えたり、メモのようなものに目を通していたからである。明らかにほかの人たちと雰囲気が違うのだ。

（警察かな？）

と、若宮は、思った。

二時間ほどして、引き揚げ作業が再開された。

しかし、風が次第に強くなってきたこともあってか、結局その日は、それ以上の作業は進まず、作業の継続は、翌朝からということになった。

もし、船体にとりつけたワイヤロープが外れると、八千トンの「グズマン二世号」は、壊れてしまうか、流されてしまうので、慎重の上にも慎重を期して、今日の作業は中止することにし、明日また、再開することにしたという発表があった。

翌日は、小雨だった。そんな天気のなかで、朝早くから引き揚げ作業が始まった。

船体につけたワイヤロープが、ゆっくりと、巻きあげられていく。

ようやく、船体の一部が、海面から出てきた。見守っている人々のなかから歓声があがった。

マスト二本は、ものの見事に、折れ曲がってしまっている。

しかし、船体のほうは、それほど傷んでいるようには見えなかった。たぶん、大きな津波がきた時に、抵抗もなく船体は流され、海底に沈んでしまったからだろう。

船体が、宙に浮くと、海水が、どっと溢れ出てくる。優雅な船体が、やっと息遣いを始めたという感じだった。

昼前にまた、ひと休みし、午後になってから宙づりのままゆっくりと、陸地に移されていった。

用意された広場に置かれたが、親族には、船への立ち入りが、すぐには許されなかった。

グズマン二世号引き揚げ委員会の関係者と、地元の警察が、引き揚げた船体の周囲に張られたロープをくぐり、五年間、海水に、洗われた船体のなかに入っていった。

朝から引き揚げの様子を見ていた若宮は、すぐに遺体が発見されるのではないか、もちろん、遺体といっても、五年間もの長い間、海水に浸かっているのだから、白骨化してしまっているだろうが、それでも、すぐに発見されるだろうと思っていたのだが、一向に、発見されたという声は、どこからも起きなかった。

観光ホテルになっていたといっても、大地震が起き、その時に、驚いた泊まり客たちは、次の大きな津波にさらわれて、沖に流されたのかもしれない。だから、遺体は見つからないのだろうと、若宮は、考えを変えた。

そのうちに、なぜか、客室の部分に、地元の警察が、青いシートをかぶせ始めた。

その様子を見ながら、

「何をしているのかしら？」

と、柏原美紀が、声を尖らせた。

犯罪の現場などで、警察が青いシートをかぶせることがあるが、それと似たようなことをやったので、彼女が、腹を立てたのだろう。

その後、突然、マイクが、

「船体の確保ができましたが、これから詳しく船内を捜索することになります。御親族の皆さまには、申しわけありませんが、そのあとで船内に入っていただくことになります。船内に、危険なものがないかどうかの捜索をし安全を確認するためです」

警察と、グズマン二世号引き揚げ委員会の関係者が、青いシートのなかに入っていった。

しかし、船体の周囲には、厳重にロープが張られてしまっていて、グズマン二世号引き揚げ委員会の関係者と、警察以外は、誰も船のなかに入ることは、できなかった。

夜になっても、投光器の強烈な明かりのなかで、グズマン二世号引き揚げ委員会の関係者と警察の二つのグループは、青いシートのなかで何かを捜索していたが、何の発表もない。

翌日も同じだった。依然として、親族も関係者もマスコミも、ロープのなかに、入ることが許されなかった。

その代わりのように、若宮康介は、柏原美紀と二人、臨時に造られたプレハブ造りの警察施設に、呼ばれた。

二人は、プレハブの部屋に、通され、宮城県警の吉川という警部が、現在の状況を二人に説明した。

「私たちは、何人かの遺体が発見されるのではないかと思っていたのですが、今までのところは、ほとんど遺体が、見つかりませんでした。たぶん、あの日、大きな地震が起きた時に、客室に入っていた泊まり客たちは、いっせいに客室を飛び出したのではないかと、思われるのです。海に架けられた桟橋を、渡って逃げようとしたのではないか。ところが、桟橋は、地震の大きな揺れで破壊されてしまって、使えない。そうこうしているうちに、今度は、想定をはるかに超えるような大津波が押し寄せてきて、甲板に出ていた泊まり客たちは全員、その大津波に、さらわれてしまったのではないかと、私たちは、考えました。ただ、船内で、一体だけ遺体が、発見されました。その客室だけ、なぜか内側から、鍵がかけられていたんです。その部屋に泊まっていた宿泊客は女性で、このホテル『グズマン二世』を経営する会社の、柏原恵美さんであることがわかりました。五年間ずっと海に浸かっていたので、すでに、遺体は白骨化していましたが、それが、柏原恵美さんであることは、間違いありません」

と、吉川警部が、いった。

「それなら、どうして、すぐに、遺体を見せていただけないんですか？」

と妹の柏原美紀が、吉川警部に、抗議した。

若宮康介も、それに、合わせるように、

「私も会社から、柏原課長の消息がどうなっているのかを、調べてくるようにといわれています。ですから、すぐ遺体を見せていただきたいと思います」

と、つけ加えた。

「遺体は、もちろん、お見せしますが、その前にひとつだけ、お二人に、おききしたいことがあるのですよ。実は、われわれにとって、ちょっと厄介な問題が、生まれているのです」

吉川が、思わせぶりに、いう。

若宮は、吉川のいい方が、何か、いいわけがましく感じられた。

「遺体は、五年間ずっと客室に閉じこめられていたのでしょう？　それなのに、どうして、問題があるんですか？」

「実は、鍵のかかった客室のなかに、柏原恵美さんの遺体と一緒に、大きなトランクが見つかったのですよ」

と、吉川がいい、若い刑事に向かって、

「おい、持ってきてくれ」

と、いうと、大きなトランクが運ばれてきて、若宮たちの前に置かれた。

吉川が、トランクの蓋を、開けて、

「これを見てください」

なかには、ぎっしりと光るものが、つまっていた。

長年、海水に洗われていたせいか、薄汚れてはいたが、美紀が、

「これは、いったい何でしょうか？　金ですか？」

と、吉川にきき、若宮は、

「プラチナじゃないですかね?」

といい、吉川警部は、小さくうなずいて、

「そうです、プラチナです」

と、いった。

「やはり、プラチナ?」

「そうです。プラチナは高価ですから、これだけあれば、二億円相当の価値はあるでしょう。これだけのプラチナを持っていたので、柏原恵美さんは、用心のために、部屋の鍵をかけていて、地震と津波に、逃げ遅れて遭難したのではないかと思われます。そこで、お二人におききしたいのですが、柏原恵美さんは、いったい何のために、二億円相当のプラチナを持って、ホテル『グズマン二世』に泊まっていたんでしょうか? そのことについて、妹の美紀さんは、お姉さんから、何かきいていませんか?」

と、吉川がきく。

「姉は、仕事のことは、何も話してくれませんでしたから、私には、何もわかりません」

と、美紀が、答えた。

「あなたは、どうですか? 柏原課長は、あなたの上司ですよね? 何か、きいていませんか？」

　吉川が、若宮を見た。

「たしかに、私は、柏原課長の下で働いてはいましたが、こんな大量のプラチナのことは、何もきいていませんよ」

「柏原恵美さんは、何かの取り引きのために、高価なプラチナをこれだけ持って、ホテル『グズマン二世』に泊まっていたのかと思うのです。ところが、あの日、まさか東日本大震災のような、あんな大きな地震が起きるとは夢にも思っていなかった。しかも、大地震のあとに、想定外の大津波に襲われたので、逃げ遅れてしまったと考えられるのです。いずれにしても、われわれとしては、捜査をする必要が、あるだろうと考えています。ですから、どんな些細なことでも構いませんから、柏原恵美さんについて何かきいたことや、しっていることがあれば、話していただきたいのです」

　吉川警部が、繰り返した。

「そういうことでしたら、私なんかよりも、うちの藤井社長におききになったほうが、何かわかるんじゃありませんか？　柏原課長が何か業務に関係して、これだけの量のプラチナを持って、ホテル『グズマン二世』に泊まっていたのなら、藤井社長の指示に違いありませんから」

と、若宮がいうと、吉川は、うなずいて、

「もちろん、私たちもそう思いましたよ。そこで、さっき藤井観光の社長さんに電話をして問い合わせてみたんですが、藤井社長は、プラチナを柏原課長に持たせて、ホテル『グズマン二世』に、泊まらせたことはない。そんな指示は出していない。という返事でした。ただ、電話でしたから、正直に答えてくれているのか、それとも、嘘をいっているのかはわかりません。ですから、なおさら、お二人が、もし、そのプラチナについて、何かをご存じでしたら、それを、話していただきたいのですが、どうですか？」

と、また、繰り返した。

「私は、まったくしりませんよ。第一、こんな大量のプラチナを、見たのも初めてです」

と、若宮が、いい、美紀も、

「姉からプラチナの話は、何も、きいていません。もちろん、私だって女性ですから、プラチナのような、貴金属には興味があります。もし、そんな話を姉からきかされていたら、忘れるはずはありません」

「わかりました」

と、吉川警部がようやく、うなずいて、

「それで、お願いですが、柏原恵美さんの客室に、大量のプラチナがあったということは、絶対に口外しないでください。ひょっとすると、何かの犯罪に、繋がっているかもしれませんから」

3

その日の夜、宮城県警から、ホテル〈グズマン二世〉についての、発表があった。

東日本大震災が起きた時、ホテル〈グズマン二世〉には、泊まり客十二人、ホテルの従業員十六人が、乗っていた。

船内を、くまなく調べたところ、ホテルの泊まり客とホテルの従業員合わせて二十七人が行方不明で、船内で見つかった白骨化した遺体は、DNA鑑定の結果、ホテルの経営会社、藤井観光の営業第三課の課長、柏原恵美さん、三十一歳と判明。発見されたのは彼女ひとりだけだった。

ほかの泊まり客や従業員はすべて、大地震とそのあとに襲ってきた、大津波によって、外洋に流されてしまったのではないかと考えられる。

ホテル〈グズマン二世〉を経営している藤井観光の話によれば、今回の損害額は、少なく見積もっても、合計百億円を超すと思われるという。

翌日になると、船内がすべて開放され、親族や関係者、マスコミの人間が自由に立ち入って、写真を撮ることも、許された。

しかし、柏原恵美の遺体が発見された客室に、二億円相当のプラチナが、トランクに入れられた形で発見されたという事実は、いっさい、外部にしらされることはなかった。親族にも、マスコミに対しても、その情報は、隠された。

行方不明と宮城県警が、発表した人たちの親族たちは、

「行方不明ということは、遺体が見つかる可能性が、ゼロということではないので、引き続き警察や政府、宮城県庁に対しては、折りに触れて、海底などを捜索してほしい」

という共同の声明を、発表した。

柏原美紀は、山形《やまがた》に住む両親を呼び、現地で、姉の遺体を荼毘《だび》に付し、遺骨は両親が持って帰郷し、妹は東京に帰って、大学四年生の生活を、続けることにするという。

若宮康介は、柏原営業第三課課長の遺体が見つかったことを、東京本社に電話で報告し、その日のうちに、いったん東京に戻り、渡辺秘書課長を通じて、藤井社長

に結果を報告した。

　プラチナのことは、宮城県警から藤井社長のほうに、直接の問い合わせがあったようなので、若宮としては、別に秘密にする必要がないので、ありのままに、秘書課長を通じて、社長に報告したのだ。

　その日の夜、若宮は、永福町《えいふくちょう》にある藤井社長の自宅に、呼ばれた。秘書課長も一緒である。

「私も電話できかれたが、二億円相当という、客室にあったプラチナのことは、まったくわからないのだ。私が、亡くなった柏原営業第三課長に、渡したわけでもないし、そのプラチナで、何かを購入するように指示をしたこともないからね。それなのに、警察には、いろいろと疑われて、まるで、私が何かを隠しているように思われて、そのことで、大変迷惑しているんだよ。それで、君にききたいんだが、二億円相当のプラチナは、宮城県警の刑事が、いきなり、君に見せたのか？」

　藤井社長が、きいた。

「はい、そのとおりです。私と柏原課長の妹さん、柏原美紀さんというのですが、二人だけが、警察に呼ばれました。その時、ほかの宿泊客や従業員は、全員が、行方不明だが、柏原課長の遺体だけが、客室のなかで発見されたこと、同じ客室に、トランクにつめられたプラチナがあったことを、しらされて、そのプラチナの現物を、見せられたのです。そして、刑事から、いろいろときかれました」

「どんなことを、きかれたんだ？」

「二億円相当のプラチナが、必要になることがあって、柏原課長が、自分の客室に持ちこんだのではないかとか、このプラチナで、何かを買うつもりだったのかとか、そんなことを、細かくきかれました。何をきかれても、私には、まったくしらないことなので、正直に、何もしらない、何もわからないと、答えました」

「柏原課長の、妹さんは、どうだったんだ？」

「彼女の答えも、私と同じでした。姉からは何も、きいていないので、わからない。自分にはまったく関係のないことだと、答えていました」

「宮城県警は、このことを、どう考えているのかね？」

「私や柏原課長の妹さんには、捜査を進めると、いっていました。宮城県警の吉川という警部は、犯罪の匂いがするとか、何か、犯罪と関わっているような気がするといったようなことを、盛んに呟いていました。ホテル『グズマン二世』の、柏原課長が泊まっていた客室に、なぜそんな高価なプラチナが大量に置いてあったのか、そのことが、犯罪の匂いがすると、向こうは考えているようですから、今後も折りに触れて、調べを進めるつもりではありませんか？」

と、若宮が、いった。

「なるほど。それで、君は何もしらないといい、柏原課長の妹さんも、しらないといったんだな？」

「そうです。本当に、何もしりませんから」

「それに対して、宮城県警の吉川という警部は、何かいっていたか？」

「問題のプラチナについて、何かわかったことがあったら、すぐ、自分にしらせるようにといわれました。それから、あの日、社長に電話で問い合わせたところ、社長も何もしらないといったときかされました。それともうひとつ、この件については、絶対に、他言しないこと、それを、私と柏原課長の妹さんは、強く、いいきかされて、約束させられました。そのことから考えても、明らかに、宮城県警では、二億円相当のプラチナについて、何かの事件と関わりがあると信じているようです」

と、若宮が、いった。

「柏原課長の妹さんだが、たしか、大学生だと新聞の記事にはあったが、間違いないかね？」

「ええ、そうです。東京のS大学の四年生だと、いっていました。来年の春に卒業する予定なので、故郷に、帰るとしても卒業してからにしたいと、彼女は、いっていました」

「念のために、もう一度だけ確認しておきたいのだが、君は、二億円相当のプラチナについては、本当に、何もしらないんだな？」

と、藤井社長がきく。

「もちろん、何もしりません」

「これまでに、柏原課長から、プラチナの話をきいたことは、一度もないのか？」

「それもありません。とにかく、トランクにつまっていた、大量のプラチナを、宮城県警の刑事から見せられた時は、本当にびっくりしました。柏原課長は、すでに亡くなっていますから、それについて、柏原課長から、話をきくことはできません。私にとっては、永久に、なぜ、あんな大量のプラチナが、柏原課長の客室にあったのか、その理由が、わからないままに、終わってしまいそうです」

と、若宮が、いった。

「柏原課長の妹さん、柏原美紀さんだが、君と何か連絡を取り合うようなことは、ありそうかね？」

と、藤井社長が、きく。

「それはわかりませんが、念のために、携帯電話の番号だけは、お互いに、交換しています。それから、問題の二億円相当のプラチナについて、何か新しいことがわかったら、お互いに、連絡をしあおうということにしました。たぶん、これからも宮城県警の吉川警部から何かわかったかと、問い合わせの電話が、入るだろうと思っているんです」

と、若宮が、いった。

正直にいえば、若宮は、秘密を作ってしまったことに、後悔を感じていた。相手が、警察であろうと何であろうと、とにかく、秘密を守ると約束してしまったのである。

そのことが、若宮を時に不安にした。

七月に入って、その不安が現実のものになった。

仕事を終えて帰宅し、ビールを飲みながら、夜九時のニュースを見ていて、不安が、現実になったと、しらされたのである。

テレビのアナウンサーが、いう。

「今日の午後二時半すぎに、仙石線の車内で、若い女性が座席に倒れているのが発見されました。後頭部を殴打されているようなので、松島海岸駅で降ろし、直ちに、救急車で、救急病院に運ばれました。命に別状はないようです。学生証から、東京S大四年生の柏原美紀さん（二十一歳）とわかりましたが、誰に殴られたか記憶にないそうです。宮城県警では、殺人未遂事件と見て、捜査を始めました」

これが、ニュースのすべてだった。

その直後に、若宮の携帯が、鳴った。

きき覚えのある男の声が、

「若宮さんですか？」

と、きく。

「そうですが、そちらは、吉川警部でしょうか？　声にきき覚えがありますよ」

「実は、今日の午後、仙石線の車内で、柏原美紀さんが、何者かに、いきなり殴られましてね」

「そのニュースを、今、見ていたところです」

「それなら話しやすい。殺人未遂事件ということで、私が捜査を担当することになりましてね。柏原美紀さんの手帳に、あなたの携帯の番号があったので、電話したわけです。お互いに、携帯の番号を教え合っているんですか？」

「そうです」

「どうしてですか？」

「二億円相当ものプラチナを見せられたり、その件を、外に話すなといわれたんで、お互いに、怖くなってしまったんですよ。それで、携帯の番号を教え合って、何かあったら連絡することに、決めたんです」

「明日は、時間ありますか？」

「どうしてですか？」

「病院に運ばれて、意識を取り戻した柏原美紀さんは、あなたに会いたいと、いってるんです。私も、あなたに会って、話をしたいと思っているんです。ぜひ、明日、こちらにきていただきたい。仙石線の松島海岸駅で降りて下されば、病院まで、お連れしますよ」

と、吉川は、いう。

丁寧にいっているが、こちらが断ったら、疑われそうなので、

「明日、いきます」

と、若宮は、いった。

ただ簡単には、いかなかった。

翌日、出社すると、藤井社長に会って、柏原美紀のこと、宮城県警の吉川警部のことを話した。

藤井は、若宮の話をきき終わると、

「よく、話してくれた」

と、笑顔に、なって、

「君の話をきいていると、吉川警部は、明らかに、君を疑っている感じだな」

「私も、そう思います。二億円相当のプラチナのことを、私と、柏原美紀と、それに、社長も、何かしっていると、疑っているようです」

「だろうね。だから、今日、吉川警部に会っても、私に会ってからきたといわないほうがいい」

と、藤井社長は、いう。

承知してから、若宮は、会社を早退して、東京駅に向かった。

東北新幹線「やまびこ45号」に乗って、仙台に向かう。

仙台着、一一時三四分。

駅構内で、昼食をとってから、一二時二二分仙台発の仙石線に乗った。

車内から、吉川警部に、携帯をかけた。

「松島海岸駅に、一三時〇二分に着きます」

松島海岸駅には、時間どおりに、吉川警部が、パトカーで迎えにきてくれていた。

若宮は、仙石線で、終点の石巻まで乗ったのは、先日が初めてである。

ただ、東日本大震災の前に、松島にきているので、降りた時には、少しばかり、怖かった。

大震災で、前とは違った松島を見ることになるのではないかと、思ったからである。

　しかし、松島海岸駅で降りて、改札口を出たところで、若宮はほっとした。一見、昔の松島と、まったく、変わっていないように、見えたからである。目の前に、点在する島々も、その島の間を巡る真白な遊覧船も、集まっている観光客も、まったく同じに見えたのだ。思わず、見回していると、吉川警部が、笑いながら、

「どうしたんですか?」

　と、きいた。

「大震災の前に、きたことが、あるんですよ。その時と、変わらないように、見えたので、ほっとしていたんです」

　と、若宮が、いうと、

「表面的には、そう見えるでしょうね。しかし、ここまで復興するのは、大変でしたよ」

　と、吉川は、いい、

「とにかく、病院へ、いきましょう」

　と、パトカーに、誘った。

　車で、仙台寄りに、十二、三分走ったところにある三階建ての綜合病院だった。

ひとり部屋に、柏原美紀は、頭に包帯を巻いていた。

若宮を迎えて、美紀は、

「殴られて、出血したのがよかったんですって。内出血だったら危なかったとお医者さんにいわれました」

と、笑顔で、いった。

「よかったじゃないか」

と、若宮は、いってから、

「何の用で、仙石線に乗ったの？」

と、きくと、

「それが、覚えてないの」

「本当に？」

「医者にいわせると、頭を強打されたことによる一時的な記憶喪失だそうです」

と、吉川警部が、いった。

「何もかも、覚えてないの？」

「いいえ。昨日、殴られた前後のことが、思い出せないのよ。仙石線に乗ったあたりから、思い出そうとするんだけど――」

「仙石線の前に、東北新幹線に乗ったことは覚えているの？」

「それも思い出そうとするんだけど、思い出せなくて――」

と、美紀は、口惜しそうにいってから、

「痛い」

と、顔をゆがめた。思い出そうとすると、頭が痛くなるのだという。

「どうですか？　あなたは、あれ以来、危険な目に遭っていませんか？」

と、吉川が、若宮に、きく。

「何も危険な目に遭ってませんね。気がつかないのかもしれませんが」

と、若宮は、いった。

美紀が、

「喉が渇いたんだけど――」

と、いい、

「冷たいコーヒーが飲みたい」

と、いうと、吉川警部が、立ちあがって、

「私が、病院内の売店で、買ってこよう。若宮さんは、何が、いいですか？」

「私も、同じものをお願いいたします」

「わかりました」

吉川警部は、部屋を出ていった。

美紀が、いった。

「正直にいって、私、怖いんです。昨日も、あのプラチナのせいで、誰かに殴られたと、思っているんです」

「私も、怖いですよ」

と、若宮も、いった。

第二章

モデルクラブ

1

東京・青梅《おうめ》の、白樺林のなかに建っている病院がある。清い心と書く、清心院《せいしんいん》である。

一般の人には、ほとんどしられていないが、この清心院は、精神疾患患者たちが入院する、いわゆる精神科の病院であり、現在、ここに入院している患者は、全部で三十六人である。

入院している三十六人の患者は、男性もいれば、女性もいるし、年齢も、二十代から六十代、七十代と、まちまちである。

たいていの入院患者は、家族が連れてくるのだが、一度入院してしまうと、めったに見舞いにも訪れなくなってしまう家族が多い。

医師と看護師を合わせたスタッフの数も、入院患者と同じ、三十六人である。

それでも、入院している患者の症状がさまざまであることを考えると、医師の数も少ないし、看護師も、少ない。

その看護師のなかに柿沼玲子《かきぬまれいこ》、三十二歳がいた。彼女は、すでに五年間、この病院に勤めている。

現在、柿沼玲子が特に気になっている患者がひとりいた。病室のドアにかかっている名札には〈千石典子《せんごくのりこ》〉と書いてあったが、その名前が、本名かどうかはわからない。

柿沼玲子が、この清心院に勤務するようになった五年前、勤めて三カ月目の四月一日に、救急車で運ばれてきたのが、千石典子だった。

彼女をここに運んできた救急隊員の話によると、上野公園《うえのこうえん》の茂みのなかで倒れていたところを、発見されたのだという。

顔も服も泥だらけだったというから、どうやら二、三日は、上野公園のなかを、歩き回っていたに違いなかった。

最初、救急車は、彼女を一般の救急病院に搬送していったのだが、そこで診察を受けた結果、医師や看護師がいくら名前をきいても、一向に答えようとしない。年齢や住所も答えようとしない。

心療内科の医師が診察したところ、反抗的なところや、暴力的なところはなく、ただ、何らかの理由で精神を病んでいて、自分の名前や年齢、住所をすっかり忘れてしまっているらしいということになって、こちらの清心院に移されてきたのである。

ちょうどその時、病室に空きがひとつあったのは、この患者にとって、幸運なことだったといえるかもしれない。

しばらくは名前もわからず、年齢や住所も不明のままで治療を受けていたが、入院して一カ月が経った五月に入って、三十代のサラリーマンふうの男性が、病院を訪ねてきて、自分の知り合いが、四月一日に、こちらに入院したらしいときいたので、探しにきたといった。

この男が、問題の女性患者を一目見るやいなや、

「間違いありません。僕が探していた千石典子さんです」

と、いい、彼女の年齢は二十五歳で、住所は、世田谷《せたがや》区世田谷のマンションだとも、つけ加えた。

それで、院長が、

「これからどうしますか？」

と、きいた。

新しく、千石典子という名前を与えられた女性患者は、ほとんどの時間を無言ですごし、暴力的なところは少しもないので、彼女のことをしっていると、名乗り出てきた男性に引き取ってもらえるのであれば、そうしてもらおうと、院長は、思っ

たらしい。

　しかし、男性は、自分はひとり暮らしなので、彼女を引き取ることはできない。もう少し治療が進んだら、その時改めて考えたいので、しばらく彼女を預かってほしい、治療費は自分が払うといって、男性は、帰っていった。

　その女性患者の名前が千石典子で、年齢は二十五歳、住所は世田谷区世田谷のマンションと教えた男の名前は、小西大介《こにしだいすけ》、三十五歳である。

　その後、小西大介は、一週間に必ず一回、月曜日になると訪ねてきて、千石典子の様子を見たり、医師や担当の看護師、柿沼玲子の意見をきいて、帰っていく。

　玲子が、小西に話をきくと、千石典子は、もともと活発な女性で、口数も多いはずなのに、ある日突然、姿を消してしまったのだという。

　ここで治療を受けて、記憶を取り戻してくれたら、ぜひ、引き取って帰りたいのだが、今の状態では、連れ帰っても満足のいく介護をすることはできないと、いうのである。

　千石典子は、柿沼玲子が五年前に、この清心院に入ってから、最初に担当した患者なので、その後もずっと、玲子の担当になってしまった。早いもので、それから五年が経った。

　相変わらず、小西大介という男は、一週間に一回、毎週月曜日になると必ず訪ねてきて、千石典子の様子を、医師や看護師の柿沼玲子にきき、また、自分でも千石典子に話しかけたりしてから、残念そうな顔で帰っていくことが続いていた。

玲子は、千石典子の担当になっているので、小西という男以上に、千石典子に接する時間が長い。

そのせいで、玲子にも、千石典子のことが少しずつわかってきた。

依然として、彼女は口数が少なく、いくら玲子がきいても、自分のことを決して話そうとしない。あるいは、自分のことは、綺麗に忘れてしまっているのかもしれなかった。

したがって、玲子が、いくら、千石典子さんと呼びかけても、返事をしないことが多い。それが五年間ずっと同じなのである。

仕方なく、玲子は、彼女を呼ぶときには手をとるようにした。近くで、千石典子さんといっても、答えなかったことが多かったからである。

五年間も、そうしたことが続いていたので、小西大介という男が、彼女の名前は千石典子だといっているのだが、それも、どうやら嘘ではないかと思うようになってきた。がこれは、推論でしかない。

小西大介には、何か、彼女の本名を病院に教えることが、憚《はばか》られることがあって、仮の名前をいっているのかもしれなかった。

したがって、年齢や、世田谷区世田谷のマンションに住んでいたというのも、怪しかった。

六月に入って、毎週必ず月曜日に、清心院に見舞いにきていた小西大介が、一カ月近く姿を見せなかった。

五年間ほとんど休まず、週に一回きていたのに、一カ月近く姿を見せないことに、看護師の柿沼玲子は、いやな予感がした。五年間、病状が一向によくならないので、小西もとうとう、千石典子を見はなし、清心院を訪ねてこなくなってしまったのではないかと、思ったのである。

しかし、六月の下旬の月曜日になると、小西大介が前と同じように、小さな花束を持って訪ねてきたのである。

そのことに、玲子はほっとした。

「小西さんが一カ月近くもこなかったものだから、典子さん、とても寂しそうな顔をしていましたよ」

と、玲子は、いった。

千石典子が、寂しそうな顔をしていたといったのは、嘘である。五年間入院しているのだが、その間、千石典子は、感情を顔に表すことはなかったのである。この五年間というもの、泣いたり笑ったり、怒ったりしたことは、ほとんどなかったのだ。

ここにくる前、よほど酷い目にあったのか、それとも、精神的に大きなダメージを与えられるようなことを体験したのか、いずれにしても、それで感情を表に出すことがなくなってしまったに違いないと、玲子は、思っていた。

その時、小西は、

「私と彼女を、二人だけに、してもらえませんか?」

と、玲子に、いった。

患者と見舞い客を二人だけにすることは、病院の規則では、禁じられていた。しかし、この五年間、ずっと見舞いに通ってきている相手である。

医師も、特別に許可を与えたので、玲子は病室を出ていって、千石典子と小西大介を、二人だけにした。

その後、二人が、というよりも、おそらく小西が、ひとりでずっと喋っていたのだろう。一時間もすると、小西が、病室から出てきた。

がっかりしたような表情である。目つきがきつくなっていた。

玲子の顔を見ると、

「どうして、彼女の病気は、治らないんですかね? もう五年も、入院しているわけでしょう? 記憶を取り戻してもいいのに、いくらきいても黙って返事をしない。

はたして、これで治るんですか？」

　怒りをぶつけてきた。

「そういうことは、担当の先生にきいてください」

と、玲子はいって、自分の考えを留保した。

小西は、玲子にいわれたとおり、担当の医師に会い、いろいろと、話をきいてから帰っていった。

あとで、千石典子を、担当している医師、小暮《こぐれ》は、玲子を摑まえると、

「あの小西とかいう見舞客にも、困ったものだね」

　と、いった。

「何か、あったんですか？」

「とにかく、顔を合わせると一日も早く治してくれとか、普通どおりに、喋れるようにしてくれとか、文句ばかりいうんだ。そうしたせっかちな対応が、うちの患者には、いちばんよくないことなんだ。あの小西とかいう男には、そのあたりのことが、まったくわかっていないんだよ」

　と、小暮は、いうのだ。

「今日は、小暮先生が、許可をしてくださったので、小西さんと、患者の千石典子さんは、二人だけで、しばらく、会っていたんですよ。それなのに、典子さんが何

も喋らないといって、小西さんは、とても不機嫌でしたよ。怒りながら、帰っていきましたから」

と、玲子が、いった。

「ひとつだけ、君にききたいことが、あるんだがね」

と、小暮が、いう。

「何でしょうか?」

「君は、あの患者を担当して、もう、五年経っているわけだよね?」

「ええ、そうです」

「それだけやっていたら、君には心を開いて、いろいろと、喋っているんじゃないのかな?」

と、小暮医師が、きいた。

「私にだけは、話してくれてもいいんですが、私に対しても、ほとんど何も、話してくれないのです。ただ、時々、笑顔を見せてくれるので、少しはほっとしています」

と、玲子が、いった。

「そうか、君にも何も話さないのか。でも、笑顔を見せてくれるのなら、上々だよ。何も話さなくても、あの患者が、君に笑顔を見せるということは、君のことを、信頼しているということだよ。その点、小西という男は、あんなにせっかちに、患者の病気を治そうとしている。しかし、あれは無理だね。私は、彼の顔を見るたびに、もう少し、優しく接してあげなさいと、いっているのだが、一向にそうしようとしないんだ。困ったものだ」

と、小暮医師が、いった。

2

この清心院に入院している患者三十六人には、全員に個室が与えられていた。何人かを一緒にして同じ病室に入れておくと、傷つけ合ったり、何かトラブルが起きたりする恐れがあったからである。

七月二日。ようやく梅雨が明けたと感じられる夏空である。夜になってからも、三十度を超す暑さだった。

その日の午後十一時すぎ、千石典子の病室から、突然、悲鳴がきこえた。ナースステーションの赤色灯が、激しく点滅する。

柿沼玲子が、飛んでいった。

五階にある千石典子の病室に飛びこむと、千石典子が、ベッドの傍に、俯せで倒れていた。

この病院の入院患者は、病院のマークの入ったブルーのパジャマを着ることになっているのだが、千石典子のパジャマの上着の背中あたりが、赤く血に、染まっていた。

玲子は慌てて、すぐ、当直の医師を呼びにいった。

幸い、背中の傷は、それほど深くはなくて、命に別状ないと、いうことだった。

しかし、状況から見ると、この深夜に、何者かが病室に忍びこんできて、千石典子を背後から切りつけたのである。

一一〇番通報を受けて、警視庁からパトカーが駆けつけた。

十津川《とつがわ》警部が七人の刑事を連れて、病室に入ると、医師や看護師に、まず、話をきいた。十津川は、明らかに、困惑の表情になっていた。

それは、清心院という病院が、精神科の病院であることを、しらずにきたからに違いない。

十津川は、千石典子の治療を担当している医師と、看護師の柿沼玲子から、話をきいた。

「被害にあった患者さんの名前から、まずきかせてくれませんか？」

　と、十津川が、いった。

「名前は、千石典子。年齢は、今年でちょうど三十歳です。五年前の四月一日から、こちらに入院しています」

　と、玲子が、答えた。

「それで、現在の彼女の病状は、どんな具合なんですか？」

「どこかで、何か恐ろしい体験をしたと見えて、何をきいても、反応がほとんどありません。何も答えてくれないのです。自分の名前や年齢も、忘れてしまったようなのです。ただ、暴力的なところは、まったくないので、何とか、少しでも話せるようになってほしいと思って、治療を続けています」

「彼女には、家族はいるんですか？　たとえば、見舞いにくるような家族はいますか？」

「小西大介という、四十歳のサラリーマンの方が、毎週月曜日になると必ず、お見舞いにきています。この五年間ずっとです。彼のほかには、誰ひとりお見舞いにきたことは、ありません。あの患者さんが、千石典子さんという名前だということも、年齢も、小西さんが確認してくれたわけで、今も申しあげたように、記憶が定かでないので、患者さん本人が、話したということではありません」

と、玲子が、いった。

「小西大介さんは、千石典子さんとは、どういう関係の方、なんですか？」

「いえ、そこまでは、きいていないので、わかりません」

「小西大介さんの連絡先を教えてください」

と、十津川が、いった。

看護師の話では、千石典子という女性患者に家族はなく、知り合いといえるのは、その、小西大介という男性ひとりだけのようである。それならば、小西に話をきくよりほかに仕方がない。

十津川は、看護師に教えてもらった小西大介の携帯に、電話をしてみた。

すぐに出た小西に対して、夜の十一時すぎに、千石典子が、病室に忍びこんだ何者かに背中を切りつけられたが、幸い深い傷ではなかったので、一週間程度の治療ですむだろうということを、手短に話すと、

「わかりました。これからすぐ、そちらにいきます」

慌てた感じの声が、返ってきた。

すでに深夜である。わざわざ、こなくてもいいと、十津川はいったのだが、それでも、小西大介は、彼女のことが心配なので、とにかく、今からいくといって、車を飛ばしてやってきた。

十津川は、一階の待合室で、小西に会った。

どこにでもいそうな、平凡な感じの男である。

「彼女ですが、本当に大丈夫なんでしょうか？」

と、小西が、十津川にきく。

「ええ、大丈夫ですよ。傷の手当てをすませたあと、現在、睡眠剤を与えられて、ぐっすりと眠っています。電話でお話ししましたが、傷は深くないようですから、一週間もすれば、元に戻るだろうと、医者はいっています。とにかく、大事には至らず、よかったです」

と、十津川は、安心させてから、

「小西さんは、彼女とは、どういう関係ですか？」

と、きいた。

「私は今、世田谷区世田谷のマンションに、ひとりで住んでいるんですが、彼女も、そのマンションの住人でした。それで、彼女と親しくなりました。一緒に食事をしたり、映画を見たり、時には、旅行をしたこともありました。それが突然、何の前触れもなく、彼女が失踪してしまったのです。すぐ戻ってくるだろうと、最初は、軽く考えていたのですが、いくら待っていても、マンションに帰ってこないし、どこにいったのかもわかりません。それで、心配していたのです。そんな時に、女性が、上野公園で倒れているところを発見されて、最初は、一般の救急病院に運ばれたらしいのですが、そこで、精神を病んでいると診断されて、この清心院に収容されたということを、ニュースでしりました。もしやと思い、訪ねてみると、やはり彼女でした。彼女は、家族がいないようなので、私が毎週一回、月曜日に見舞いにくることにしています。私にも仕事がありますから、こられるのは、毎週一回だけですが、それでももう、五年になりますね。早くよくなればいいのですが、なかなかよくならなくて」

と、いって、小西が、小さくため息をついた。

「毎週月曜日に、こちらにくるというと、小西さんが勤めている会社は、月曜日が休みですか？」

と、亀井《かめい》刑事が、きいた。

「私の会社は、友人と一緒に立ちあげた、いわば、ベンチャー企業なんですよ。小さな会社ですが、何とかやっています。もちろん、普通の会社のように、土曜日と日曜日を休みにしてもいいのですが、うちのような小さな会社は、それではやっていけません。それで、週休二日制ではなくて、毎週月曜日を休みにしました。それで、月曜日に、見舞いにいくようになったのです」

と、小西が、いった。

「千石典子さんという人は、どういう人ですか？」

　十津川が、きいた。

「今もいったように、同じマンションに住んでいたので、親しくなったわけですが、それ以前の彼女が、どうしていたのかはわかりません」

「どうして、わからないのですか？　一緒に食事をしたり、旅行をしていたんでしょう？」

「僕がきいても、彼女が、何も答えてくれないからですよ」

「それでは、あなたが、千石典子さんと初めて知り合った頃、彼女は、どんな仕事をやっていたんですか？」

「私には、モデルクラブに所属して、モデルのようなことをやっていると、いっていました。青山《あおやま》にあるモデルクラブで、車とか家具のショーがあると出かけていって、それらの宣伝をやっていたようです。二回ほど、自動車のショーにいって、彼女が、働いているのを見たことがありますから」

　と、小西が、いった。

「あなたが、最初に彼女に会った時、彼女の様子は、普通でしたか？　精神を病んだりは、していなかったのですか？」

「もちろん、そうですよ。まったくの普通の女性でした。頭がよくて、いつもはきはきしていて明るくて、魅力的な女性でした。それが五年前に、今もいったように、突然、行方がわからなくなってしまったのです。そして、数日後に、上野公園で泥だらけになって倒れているところを発見されて、精神を病んでいると診断され、この清心院に収容されたのです」

「彼女が、なぜ上野公園で発見されたのか、何か、思い当たることは、ありますか？」

「いや、まったくありません。世田谷に住んでいた彼女が、どうして上野公園で発見されたのか、今でもそれが、いちばんの謎なのです。とにかく、彼女が、どうしてこんなことになってしまったのか、口惜しいが、わからないことだらけなんです。逆に、こっちが教えてほしいくらいですよ」

と、小西が、いった。

「今夜の、午後十一時すぎ、この病院に侵入した何者かが、彼女の背中を、切りつけたわけですが、そんなことをするような危険な人物が、いることはしっていましたか？」

「いや、まったくしりません。今もいったように、最初に、彼女と知り合った頃は、まったく普通の女性でしたから。というよりも、彼女は美人で、スタイルがいいので、モデルになっていたわけです。それが突然、行方不明になり、そして、清心院に収容されたのですが、その間にいったい何があったのか、僕にはまったく、見当がつかないのです」

と、小西が、いった。

「千石典子さんが所属していたのは、どこのモデルクラブですか？」

と、十津川が、きく。

「青山二丁目にある、NNNというモデルクラブです。それで僕は、彼女がここに入院してからのことですが、そのモデルクラブにいって、いったい何があったのか、何かしらないかと、きいてみたことがあります」

「どんなことを、いっていましたか？」

「そこでも、彼女が突然行方不明になったので、いったい彼女に、何が起こったのか、まったくわからないと、いっていましたね」

「彼女は、独身ですか？」

「ええ、もちろんそうですよ」

「しかし、両親とか兄弟、姉妹はいるわけでしょう？」

「そうですね、いると思いますよ。僕には、東北に家族が住んでいて、彼女は、高校を出るとすぐに上京して、モデルの仕事を始めた。家族とは、今、ほとんど連絡を取っていないというようなこともいっていました。自分のほうから、両親に連絡することもないし、両親のほうから、電話をしてくることもないと、彼女はいっていました。ですから、どんな家族かということも、わからないのですよ」

と、小西が、いった。

「もう一度、念のためにおききしますが、千石典子という名前と、三十歳という年齢は本当なんですね？」

と、十津川が、きいた。

「彼女と初めて会った時、千石典子と名乗っていました。また、その頃二十二歳でしたから、名前と年齢は、間違いないと思っていますが、違うんですか？」

今度は、小西のほうが、逆に、十津川にきいた。

「今のところ、私には、わかりません。ただ、担当の看護師さんにきくと、千石さんとか、典子さんとか声をかけても、何の返事もないことがよくあるので、ひょっとすると、名前は違うのではないかなと思ったことが、何度かあるそうです」

「私が、名前を呼んでも、返事をしないことは、しょっちゅうありますよ。たぶん、自分の名前も住所も、何もかも、忘れてしまっているのだと、思いますね」

小西が、いった。

青梅警察署に捜査本部が置かれた。

十津川は、部下の刑事に、清心院周辺の聞き込みを命じておいて、自分は、亀井刑事を連れて、青山の、NNNというモデルクラブの事務所に出かけていった。

青山通り沿いのビルの三階にある、事務所である。

そこの広報係に会って、千石典子についてきいてみた。

「千石典子さんは、いつ頃から、こちらのモデルクラブの所属になっていたんでしょうか？」

と、まずきいた。

「そうですね、八年くらい前でしょうかね。たしか、彼女もその頃はまだ二十代で、東北の高校を卒業するとすぐ上京して、アルバイトをしながら、モデルの養成学校に通ったあとで、うちにくることになったんですよ。美人でスタイルがよかったし、なかなか頭のいい子だったので、すぐに仕事の声がかかりました。特に、自動車や家具のショーとかに出ていましたが、スポンサーの受けもよかったので、このままいけば、おそらく、洋服とか着物の売れっ子モデルになれるだろうと考えていました。事務所としても、彼女には、大きな期待をしていたんですよ。うちの柱になれる子だって」

「ところが、突然、行方不明になってしまったと、いうわけですね？」

「ええ、そうなんですよ。それで、いったいどうしたんだろうかと、こちらでも、心配をしていたのですが、いつまで経っても、見つかりませんでした。その後、彼女の知り合いだという小西さんという人が、ここを訪ねてきましてね。彼女が精神を病んで、青梅にある、精神科の病院に入っているという話を初めてきいたのです。その後のことは、何もしりません。お見舞いにいくわけにもいきませんし、すでに、うちのモデルクラブは、除籍ということになっていますから」

と、広報係が、いう。

「実は昨日、入院中の千石典子さんが、病室に忍びこんできた何者かに、背中を切りつけられるという事件が、起きましてね」

「そんなことが、あったんですか」

「幸いにも傷は浅かったので、命に別状はないということなのですが。千石典子さんが、こちらに所属していた頃、似たようなことはありませんでしたか？」

「似たようなことですか？」

「例えば、男性との間で、問題を起こしたことがあったとか、金銭問題を起こしたとかです」

「彼女は、人気がありましたが、うちの事務所にいたのは、四年くらいのものでしたからね。私がしっている限りでは、モデル仲間たちとも仲よくやっていたようですし、誰かともめていたというような話は、一度も、きいたことはなかったですね。それに、ファンの男性につきまとわれていたといったことも、なかったと思いますよ」

と、広報係がいった。

とにかく、広報係は、四年ぐらいしか在籍していなかったので、何もわからないと、そればかりを繰り返しているので、十津川は、これ以上は、何をきいても無駄だろうと思い、いったん引き揚げることにした。

その途中で、亀井が、

「どうも、あの広報係の話は、おかしいです。絶対に、何か隠していますよ」

と、いった。

「カメさんもそう思ったか。実は、私も、まったく同じことを考えていたんだ。あのクラブと、千石典子とは、何かあったと思うよ」

「やはり、警部もそう思われますか？」

「彼女は、頭がよくて美人で、人気があったといっていながら、何もしらないと、いっているんだ。そこが、どうにもおかしいよ」

と、十津川が、いった。

しかし、引き返して、さっきの広報係に会ったとしても、おそらく、何もきき出せないだろう。

そこで、十津川たちは、あのモデルクラブの人間に、直接話をきくことにした。

十津川は、モデルクラブから出てくる若い男女に警察手帳を見せ、近くのカフェで、千石典子のことをきいた。

「千石典子さんは、東北の出身で、地元の高校を卒業したあと上京し、アルバイトをしながら、モデルの養成学校に通っていたという話をきいたんですが、彼女が、東北のどこの出身なのか、ご存じですか?」

十津川が、きくと、若い二人は、笑って、

「それは嘘ですよ」

「嘘? 嘘というのは、どういうことですか?」

「彼女は、東北の生まれなんかじゃありませんよ。両親が、アメリカに住んでいたので、アメリカで生まれて、小学校から中学、高校と、ずっとアメリカの学校に、通っていたという話でした」

「それ、本当ですか?」

「ええ、本当ですよ」

と、男が、いうと、女が、その言葉を受けて、

「うちのモデルクラブでは、外国との仕事が入ると、千石さんが、やっていました。外国人の知り合いも多かったみたいだし、英語ができるから。ただ、突然行方不明になって、その後のことはわからないんですよ」

「千石典子さんはどうしてアメリカで、生まれ育ったとか、アメリカの学校を出たということを隠して、周りの人たちには、自分は、東北の生まれだなんて、いっていたんでしょうか？」

「そのあたりのことは、僕にはよくわかりませんが、私たちの世界というのは、競争が激しくて、なかには、意地悪な人も多いんですよ。アメリカで生まれたとか、英語が得意だとかいうと、ほかの人たちに嫌われたり、いやがらせをされたりすることがありますからね。それを避けようと思って、千石さんは、東北の生まれだとか、東北に家族がいるとか、そんなふうにいっていたんだと思います。もちろん会社は、本当のことをしっていて、外国との仕事には、千石さんを回していたんだと思いますよ」

と、若い男が、いった。

「しかし、お二人は、そのことをどうしてしっているのですか？　誰かに、きいたんですか？」

「誰かって、千石典子さん本人が話していたんです」

「どうして、千石さんは、あなた方お二人に話したんですかね？」

「いつだったか、千石さんが、いなくなる半年ぐらい前に、僕たち二人と、千石さんで、外国人と、一緒の仕事をしたことが、あったんです。その時、彼女が、英語がうまくて、外国人に慣れているんで、びっくりして、千石さんにきいたんです。そうしたら、実は、自分はアメリカの、生まれで、小学校から高校まで向こうの学校に通っていたという話を、きいたんです」

「会社は、千石さんがアメリカの生まれで、アメリカの学校にいっていたことは、しっていましたよね？」

「会社は当然しっていましたよ。履歴書出しますから」

「そうなってくると、千石典子さんという名前も、はたして本名なのかどうか、わからなくなってきますね？　その点は、どうでしょう？」

と、亀井が、きいた。

二人は、顔を、見合わせてから、

「いや、会社では、千石典子で通っていましたよ。しかし、日本人の母親とアメリカ人の父親が、知り合って結婚して、アメリカで彼女が生まれたと、きいたことがありますから、彼女が、別の名前を持っている可能性は、充分にありますね。何でも、父親のほうは、アメリカでもかなり人気があるというか、有名な人だそうですから」

「千石典子さんは、アメリカの国籍も持っているのかもしれませんね？」

と、亀井が、きいた。

「そういえば、面白い話を、きいたことがあります」

と、若い女が、いった。

「彼女の両親は、彼女を産む時、日本でお産をしようと思って、飛行機に、乗ったんだそうです。そうしたら、飛行機のなかで産気づいて、彼女は、飛行機のなかで生まれたそうです。だから、国籍を二つ持っているんじゃないでしょうか？」

皮肉だなと十津川は、思った。今、清心院の病室にいる千石典子は、自分の名前や年齢、住所はもちろん、自分が、二つの国籍を持っていたことも、アメリカで生まれ育ち、アメリカの学校を出て、働くために日本にやってきたことも、覚えていないのだ。

十津川は、ここまできたら、千石典子という女性について、徹底的に調べることにした。

青山二丁目にあるNNNクラブの社長が、東南アジアから帰ってきたのをしって、正式に書類を示し、捜査のために、協力してくれるように頼み、あらためて、十津川と亀井が、NNNクラブを訪ねた。

社長の名前は、成瀬《なるせ》けい。五十三歳。純粋な日本人だが、若い時には、アメリカに留学していて、その後、千石典子と会っていた。

「今から八年前に、私のほうから、彼女にきてもらったんですよ。何よりも、英語ができたし、頭もよかったから、うちで、モデルもしてもらってたけど、私から見れば、うちのスタッフの、ひとりだったんですよ」

「しかし、五年前に、突然、行方不明になったんですね？」

「あの時は、本当に腹が立ちましたよ。信頼して、スタッフ扱いしたのに、何もいわずに、いなくなったんですからね。だから、馘《くび》にしたんです。きっと、もっとお金のとれるところにいったんだと思ったんですよ」

「突然、姿を消したのは、今から五年前ですね？」

「ええ。五年前の三月。これから、忙しくなるという時に、いなくなったんですよ。腹が立つのが当たり前でしょう」

「ほかにも、千石典子さんを、特別扱いしていたことがあったんですか？」

「彼女だけ、給料を、ドルで払っていました」

「それは、彼女が希望したからですか？」

「そうですよ。彼女がうちに入った頃は、円高ドル安だったんですよ。でも彼女は、これからは政府が、ドル高円安に持っていくはずだといって、給料は、ドルでほしいといったんですよ。彼女の思ったとおりになりましたけどね」

「小西大介という男は、前からしっていましたか？」

「ぜんぜんしらない人なんですよ。それが、急に、彼女のことで、いろいろ喋っているので、面食らっているんです」

「その小西大介と同じマンションに住んでいたようですが、あまり、帰ってこなかったようです」

「そうでしょうね。彼女は、よく、ホテルに泊まっていましたからね」

と、成瀬けいが、いう。

「ホテルに、泊まっていたんですか？」

「ええ」

「でも、お金がかかって、仕方がないでしょう？」

「でも、プライバシィで、どこに住もうが泊まろうが、勝手ですからね」

「どこのホテルに、泊まっていたんですか？」

「私が、しってるのは、Ｍホテル」

東京でも、高級ホテルである。

「千石典子は、贅沢したくて、ホテルに泊まっていたんですかね？」

「それも、あったかもしれませんけど、私は、彼女が、うちで働きながら、ほかの仕事もやっていたんじゃないかと思っているんです。そちらの仕事のために、ホテルに泊まっていたんじゃないかと。今になれば、ですけどね」

と、成瀬けいが、いう。

調べてみると、Mホテルを、住居代わりに使う人も、いるという。有名人のなかには、Mホテルで、死んだ人もいるとわかった。

特に、住居代わりに使う人のために、その部屋には、小さなキッチンも、ついているというのである。

Mホテルに問い合わせると、間違いなく、千石典子という名前の女性が、五年前頃、長期滞在していたというのである。

「長期滞在だと、特典というか、サービスを受けられるんですか？」

と、十津川は、きいてみた。

「長期滞在されますと、自動的にうちの会員になっていただくことになります」

と、相手は、いう。

「会員になると、何か特典が与えられるんですか？」

「日本中に、グループ系列のホテルやレストランなどがありますので、会員はどのホテル、レストランも安く利用できます」

「例えば、どんな施設が、ありますか？」

「そうですね。日本全国に、四十二ほどあるんですが、五年前までは、女川に、浮かぶホテルがあって、大変、人気があったのですが、今は、残念ながら、ありません。うちとしては、ぜひ、皆様のご要望に応えて、同じ、浮かぶホテルを、再開したいと、考えています」

と、相手は、答えた。

第三章

事件発生

1

一方、東北・女川での「グズマン二世号」引き揚げによる捜査は続いていた。現場で最大の問題となったのは、やはり船と一緒に発見された二億円相当のプラチナのことだった。

それが入ったトランクが、藤井観光が所有する船「グズマン二世号」のなかから発見されたということもあって地元警察は、藤井観光の所有物ではないのかと、藤井社長に質問した。

さらに、現地に入った社員の若宮は、渡辺秘書課長を通じて、藤井社長に、プラチナの一件を報告した。

社長の答えは、こうだった。二億円相当のプラチナは、たしかに、自分の会社が所有する船のなかで発見されたが、自分とも、自分の会社とも、まったく関係がない。

また、藤井観光の営業課長、柏原恵美と思われる白骨遺体が同じ場所で発見されたといわれるが、自分が、柏原恵美に、問題のプラチナを持たせた記憶もまったくない。したがって二億円相当のプラチナと、藤井観光とは、まったく無関係だと全面的に否定した。

そうなると今度は、二億円相当のプラチナを、どう扱ったらいいのか、それが大きな論点になった。

地元の警察と、引き揚げ委員会とが相談をして、とにかく、現地に置いておいたのでは所有者が、なかなか、わからないであろうという結論になった。

そこで、仙台まで運び、宮城県警本部が、プラチナについて、捜査することに決まった。

そこで、仙台警察署まで、プラチナの入っているトランクを運ぶ方法が、検討されることになった。

二億円相当ものプラチナが発見され、船体とともに引き揚げられたことは、すでに、新聞やテレビのニュースが、大きく報道してしまっている。

そうなると、仙台まで運ぶ途中で、プラチナを奪おうとする人間が、出てくるかもしれない。警察には、それが心配だった。

いちばん簡単なのは、車で運ぶことである。

したがって、パトカーを使って、現地から仙台まで運ぶことが、まず、考えられた。

しかし、車で運ぶのは、かえって危険なのではないのか？　一台のパトカーでは危ないし、そうかといって、パトカーが、何台も連なって仙台まで運んでいっては、かえって目立ってしまうから、それも、危険なのではないか？

そんな意見も出て、結局最終的に決まったのは、まず車で石巻まで運び、石巻からは、仙石線で仙台まで運ぶという方法だった。

石巻発午前九時〇三分の快速列車で、地元の警察官五人が、問題のプラチナが入っているトランクを、仙台まで運ぶことが決まった。

仙台着は一〇時〇四分だから、ほぼ一時間の距離である。

この計画について、引き揚げ委員会の五人も賛成した。というより、彼等が考えた提案だった。

若宮康介は、会社の命令で、現地にきていたのだが、それでも、引き揚げ作業に立ち会ったり、地元の吉川警部と、話をしているうちに、東京の本社からの命令ではあったが、少しずつ、若宮自身の関心も、強くなっていった。

若宮は、その気持ちを、吉川警部にぶつけたりもした。

吉川警部のほうも、若宮が問題の船の所有主、藤井観光の社員であることから、時々、彼の意見をきいたりもした。

その話し合いのなかで、若宮がいちばん気にしたのは、引き揚げ委員会に関することだった。

五人の人間で構成されているが、吉川警部の話では、その五人のなかに、地元の人間がひとりもいないというのである。

「ただ、今回の船体の引き揚げについて、かなりの資金が必要なことと、引き揚げたあとはどうするのか？　失敗したとき誰が責任を取るのかということで、所有主の藤井観光も、二の足を踏んでいる時に、五人で構成される引き揚げ委員会が、いつの間にか、この引き揚げ作業について、名乗りをあげてきたんだ。資金も自分たちが持つし、引き揚げたあと、何も主張しないというので、この委員会に委託することにしたんだ」

「どうして、沈んでいる船体とは何の関係もない五人の人間が、引き揚げ委員会を名乗って、資金を出してまで引き揚げを買って出たんでしょうか？」

若宮が、きくと、吉川は、

「いや、まったく、関係がないというわけじゃないんだよ。実は、引き揚げ委員会の委員長の名前は、松田《まつだ》さんというのだが、年齢は七十歳で、こちらで調べたところ、この松田委員長は、君が勤めている、藤井観光の大株主だとわかった。それで、誰も引き揚げについて名乗りをあげないのならば、自分が買って出て、引き揚げてみようと思い、引き揚げ委員会を立ちあげて資金を出すことにしたと、松田さんはいっている。藤井観光の大株主というのは、確認がとれているよ」

若宮は、その話を、渡辺秘書課長に電話して、確かめてみた。

「たしかに、松田さんは、うちの会社の大株主だ。それは間違いないが、だからといって、松田さんが、資金を出したり、引き揚げ委員会を、作ったりするとは思えなかった。松田さんというのは、たしかに、かなりの資産家で、現在は個人で、うちの株とか、そのほか優良な株をたくさん持っていて、その売買で、毎年莫大な利益をあげているという人なんだが、私がしっている限りだと、今回のように、誰もが船体の引き揚げに迷って躊躇している時に、いきなりぽーんと、資金を出して、その上、引き揚げ委員会を作って、船体の引き揚げに当たるような人ではないんだ。自分のためにならないことには、一円だって、出そうとはしない人だといわれていて、けちで有名な人だからね。その松田さんが、いきなり、引き揚げ委員会を作ったり、引き揚げのために必要な資金を出して、海底に沈んでいる船体を引き揚げるときいて、うちの社長も、びっくりしていたよ」

それが、渡辺秘書課長の、説明だった。

若宮は、引き揚げた船体を、うちの社長は、いったい、どうするつもりなのだろうかと、渡辺秘書課長に、きいてみた。

「そのことで藤井社長に、きいてみたことがあるんだよ。そうしたら、藤井社長は、今はまだ、何も考えていないといっていた。もともと北欧の貴族が持っていた、豪華船だから、造りなんかも優雅で、船内のあちこちには、いい材料が使われている。しかし、五年間も、海底に沈んでいたので、あちこちが傷んでいる。だから、今のままでは、もう一度、ホテルとして使うには、改修するためにかなりの資金がかかってしまう。社長は、そんなことも考えていて、なかなか、決断がつかないんだろうと思うよ」

と、渡辺秘書課長が、いった。

2

七月五日、トランクに入れた二億円相当のプラチナを、現地から、仙台まで運ぶことになった。警官四人、それに、吉川警部も加わって五人で、トランクごと、計画どおりに運ぶのである。

午前七時三十分、現地からパトカーで、仙石線の終点、石巻駅に向かって出発した。

若宮は、新聞記者や、テレビカメラと一緒に、パトカーを見送ったが、無事に、仙台まで運ぶことができるのだろうかと、微かな不安を感じていた。何しろ、総額二億円相当のプラチナなのだ。

若宮が感じていたのは、石巻から仙台まで仙石線で運ぶ途中で、何者かに襲われないだろうかという、不安である。

問題の快速列車は、四両編成だった。吉川警部がリーダーで、四人の警官がついている。一見、安全そのもののように見えるが、列車が、トレインジャックでもされてしまったら、いったいどうするのか？　それが、若宮には不安だった。

それともうひとつ、これは不安ということではないのだが、若宮には、大きな疑問があった。問題のプラチナの、持ち主のことである。

船体が引き揚げられた時、客室のひとつから藤井観光の、営業第三課の課長だった柏原恵美の白骨遺体が発見され、同じ部屋から、トランクに入った二億円相当のプラチナが見つかった。

その持ち主が、いまだにわからない。海底から引き揚げられた船のなかから、トランクに入れられたプラチナが見つかったことは、新聞やテレビで、大きく取りあげられたというのに、誰ひとりとして、自分のものだと、名乗り出てこないのである。

そこで、吉川警部なども、いろいろと推理をたくましくしているのだが、何といっても、二億円相当のプラチナである。どうして、持ち主が、名乗り出てこないのか、若宮には、それが不思議だった。

普通に考えれば、部屋に、内側から鍵をかけていた、柏原恵美の所有物である。

しかし、同じ藤井観光の社員である若宮には、営業第三課の課長、柏原恵美が、そんな大量のプラチナを持っていたとは、思えなかった。

とすれば、柏原恵美が、誰かに頼まれて、ホテル〈グズマン二世〉の客室に、運び入れたとしか思えない。

そして彼女は、それを、ホテル〈グズマン二世〉で、何かの取り引きに、使うつもりだったのではないのか。もちろん、その取り引きというのは、藤井観光という会社に、関係したものである。

ところが、その前日、あの、東日本大震災が起こった。柏原恵美は、トランクにつめこまれた、二億円相当のプラチナを守ろうとして鍵をかけ、ホテル〈グズマン二世〉の客室のなかで、死んでしまった。

彼女は、そのプラチナを、本当に、何かの取り引きに使うつもりだったのか──。

若宮の想像は、ここから先に進まず、元に戻ってしまう。普通に考えれば、二億円相当のプラチナの持ち主は当然、ホテル〈グズマン二世〉の所有主である、藤井観光の社長、藤井だということになる。ひとりの営業課長でしかない柏原恵美の物とは、到底考えられないからだ。

しかし、その藤井社長は否定し、大量のプラチナを柏原恵美に、預けた覚えはないと証言している。

若宮は、現場近くのホテルに泊まっていて、ホテル内のカフェで、少しばかり遅い朝食として、トーストとコーヒーを注文し、それを食べていると、柏原恵美の妹、柏原美紀が入ってきて、若宮と同じテーブルに腰をおろし、同じトーストとコーヒーを頼んでから、

「まだ朝食を食べていないの」

と、いって、笑った。

「君も東京に帰らず、まだ、ここに残っているのか?」

と、若宮が、きく。

柏原美紀は、つい先週、仙石線車内で何者かに殴られたが、幸い軽傷だったので、まだこの地に留まっていたのだ。

「東京に帰るつもりだったんだけど、吉川さんという警部さんに、できれば、もう少しだけここに残っていてほしいと頼まれたの。亡くなった姉のことで、何か問題

になったら、私にききたいんですって」

と、美紀が、いう。

「君は本当に、お姉さんの恵美さんから、問題のプラチナのことを何もきいていないのか？」

「二億円相当のプラチナのことでしょう？　そんな高価な品物のことなんて、姉から、一度も話をきいたことはないわ」

と、美紀がきっぱりと、いう。

「しかしね、プラチナの入っていたトランクは、お姉さんが泊まっていた客室のなかから、発見されたんだ。その上、その客室は、なかから、鍵がかけられていたんだ。だとすると、誰かが、外から、持ちこんだとは思えない。ということは、最初から、君のお姉さんが、持ちこんでいたんだ。状況から見れば、そう考えるよりほかに、考えようがないじゃないか？」

と、いってから、若宮は手帳を取り出して、それに目をやった。

そこには、吉川警部たちがプラチナの入ったトランクを運んでいる、仙石線の快速列車の時刻表が書いてあった。

石巻発午前九時〇三分、陸前山下《りくぜんやました》九時〇五分、蛇田《へびた》九時〇八分、陸前赤井《りくぜんあかい》九時一二分、矢本《やもと》九時一五分、陸前小野《りくぜんおの》九時二〇分、野蒜《のびる》九時二四分、高城町《たかぎまち》九時三二分、

塩釜《しおがま》九時四五分、そして、仙台着が一〇時〇四分である。

「何なの、それ？」

と、柏原美紀が、手帳を覗きこんだ。

「今朝早く、問題のプラチナの入ったトランクを、警察官が五人で守って、仙台まで運んでいった。石巻までは、パトカーで運んで、そこからは仙石線を利用して仙台まで運ぶということでね。これは、その時に使われることになった、仙石線の時刻表だよ。特別な臨時列車ではなくて、いつもどおりの快速列車を利用して、石巻から、仙台まで運んでいく予定だと、警察は、いっている。だから、心配しているんだ」

「何が心配なの？」

「何しろ、運ぼうとしているのは二億円相当のプラチナなんだからね。途中で、奪おうとする連中が、出てくるかもしれない。それが心配なんだ」

と、若宮が、いった。

「たしかに心配は、心配だけど、刑事さんが一緒なんでしょう？」

「もちろん、吉川という警部と、ほかに警官が四人で守っている」

「警察の人が五人もついているのなら、あなたが心配するまでもなく、大丈夫だと思うけど？」

と、柏原美紀はあっさりといって、笑顔を作った。

「今のところは、安心なんだけどね」

若宮は腕時計に目をやった。

仙石線は、石巻から仙台までの短い区間に三十一もの駅がある。若宮には、それが心配だった。

今回使用するのは、快速列車だから、停まる駅は少ない。石巻から仙台まで十駅である。しかし臨時列車ではないから、駅に停車するし、乗客の乗り降りもある。

(それが心配だが)と、思った時、突然、ホテルのなかがやかましくなった。

ホテルの従業員なのか、それとも、泊まり客なのかはわからないが、何かを大きな声で叫びながら、走り回っているのだ。

「何かあったらしいわ」

と、柏原美紀が、いい、

「調べてくるわ」

と、カフェを飛び出していった。

3

若宮康介も、カフェにじっとしていられなくなってきて、柏原美紀を追いかけるように、飛び出していくと、泊まり客や従業員も、ロビーに向かって走っていく。

ロビーには、一台の、大型テレビが置いてあった。

若宮がロビーに飛びこんだ途端に、そのテレビ画面に、

〈仙石線が、狙われた。駅に爆発物〉

と、大きな文字が、並んでいた。

どうやら、仙石線の途中の駅に、爆発物が仕かけられていて、爆発があったらしいのである。

しかし、詳細は、まだわかっていないらしい。誰もが、事件のことを少しでもしろうとして、ロビーのテレビの前から、動こうとはしなかった。

「どうやら、若宮さんの心配が、当たったらしいわ」

美紀が、若宮を見て、声を震わせた。

テレビ画面に、少しずつ事件の詳細が文字になって、表れてきた。

午前九時すぎに陸前赤井駅で爆発があり、現在、仙石線は、列車が、運転を見合わせているというのだ。

若宮は、あわてて、手帳を取り出した。

石巻発九時〇三分、陸前山下九時〇五分、蛇田九時〇八分、そして、陸前赤井が、九時一二分になっている。

この陸前赤井駅で、爆発があり、仙台に向かっていた問題の快速列車は、その手前で、停車したらしい。

快速列車は、石巻を、午前九時〇三分に発車しているので、それから、十分も経たないうちに陸前赤井駅で、爆発があったらしい。

塩釜や仙台からも、パトカーが、陸前赤井駅に急行しているというニュースが入ってきた。

テレビを見ていた若宮が、ひとまず、ほっとしたのは、仙台に向かっていた問題の、快速列車が、爆発に巻きこまれることなく、陸前赤井駅の手前で停まっていることが、わかったからだった。

少なくとも、爆発には、直接遭遇したわけではなかったのだ。陸前赤井駅で爆発はあったが、その手前で、急遽、停車したらしい。

ただ、いったい、どんな爆発が、あったのか、どの程度の、被害が出ているのか、それが、まったくわからなかった。

そのうちに、仙石線が、全線にわたって不通になっているという、ニュースが入ってきた。

しかし、死傷者が出ているとか、問題のプラチナが、奪われたというようなニュースは、何も入ってこない。

陸前赤井駅の駅舎が、崩れている映像が、写し出された。若宮が心配したのは、その爆発で、何人の死傷者が出たのか、ということだった。

しかし、被害報道のほうは、なかなか、画面には出てこなかった。

かなり時間がたってやっと、爆発で死亡した人はなく、軽い怪我をした人が三人いただけで、その三人は、救急車ですぐに近くの病院に運ばれていったが、命に別状はないという、型にはまった言葉が画面に並んだ。

若宮は、そのほか、いや、こちらのほうがもっと心配だったのだが、快速列車で、運ばれているプラチナが入ったトランクが、無事なのかどうかということだった。

こちらのほうは、なかなか情報が出てこない。

すでに、塩釜と仙台から向かったパトカーが、現場に、着いているはずだった。

それがどうなったか、わからないのだ。

その時、ふいに、若宮の、携帯電話が鳴った。

「もしもし」

と、若宮が出ると、東京の、渡辺秘書課長からの電話だった。

「今こちらに、仙石線の陸前赤井駅で爆破事件があり、そのために、仙石線が全線で不通になっているというニュースが入ってきたんだが、本当なのか？　本当だとしたら、問題のプラチナは無事なのか？」

と、渡辺秘書課長が、確認の電話をしてきたのだ。

「本当です。ただ、今、ホテルのロビーで、テレビのニュースを見ているんですが、こちらでも、陸前赤井という駅で爆発があって駅舎が壊され、軽い怪我を負った人が三人出たということを報道しているだけで、それ以上のことは、何もわかっていないのです。問題の快速列車が、陸前赤井駅に停車した時に、爆発があったというのだと心配ですが、どうやら、停車直前に爆発があって、陸前赤井駅の手前で停車していますから、今のところ、被害を受けてはいないようです。ただ、犯人が陸前赤井駅の手前で、快速列車を停めておいて、襲撃してくるとすると、防ぎようがありませんからね。それで心配をしているのですが、今のところ、そうした報道はありません」

と、若宮が、いうと、

「社長も、いったいどうなっているのか、ひどく心配されているから、君は、すぐタクシーで、現場にいってくれ。どうなっているのかわかったら、こちらに、しらせてくれ」

渡辺が、少しばかり、甲高い声で、いった。

若宮がホテルを飛び出して、タクシーを止めようとしていると、柏原美紀が、先に、タクシーを止めていた。

「どこにいくんだ？」

若宮が、きくと、

「爆発の現場」

と、美紀が、いうので、

「一緒に乗せてくれ」

と、いって、若宮は、強引にタクシーに乗りこんだ。

タクシーの運転手が、緊張した顔をしているのは、ラジオのニュースで、事件をしったからららしい。

タクシーは走り出すと、すぐに、スピードをあげていった。

ところが、陸前赤井駅の手前で、それ以上進めなくなった。警察が規制線のロープを張って、近づけないようにして、いたからだった。

パトカーが三台、駅の周りを固めている。

そこで、駅の手前で停車している快速列車に回ってみた。

車体を見る限り、何の被害も受けていないように見えた。それで少しほっとした。

列車の周りには、警察官が配置されていた。もちろん、プラチナのためである。

そのうちに、三台のバスが到着して、仙台方面に急ぐ乗客は、バスに乗り移り出発していった。

残ったのは、パトカーと、吉川警部たち五人である。

規制線のロープの外から、見ていると、警官たちが、プラチナの入ったトランクを、列車からパトカーに、移している様子が見てとれた。

それを指揮していた、吉川警部が、若宮に気づいて、声をかけてきた。

「心配してきてくれたのか？」

と、いい、

「問題のプラチナは無事だよ。ああ、藤井観光の人たちも心配しているだろうから、無事だと伝えて、安心させてあげたらいい」

と、笑顔でいい、その後、パトカーに乗りこんで、仙台方面に向かって走り去っていった。

若宮は、すぐ、渡辺秘書課長の携帯にかけて、

「今、爆発の現場にきています。仙石線は、全線不通になっていますが、仙台方面から宮城県警の、パトカーが三台やってきて、例のプラチナを列車からパトカーに移して、仙台方面に向かって、走っていきました。吉川という警部が、指揮をしていましたが、藤井観光の人たちにも、大丈夫だから安心するように伝えてくださいと、いわれました」

「本当に安心して大丈夫なんだろうね？」

と、渡辺がきく。

「ええ、大丈夫だと、思いますね。誰かがプラチナを、奪おうとして、陸前赤井駅の駅舎に爆弾を仕かけて、列車が、駅に入ってきたと同時に爆発させようと、思ったんでしょうが、少しばかり、早目に爆発してしまったので、プラチナは、無事でした。犯行は失敗したんだと思います」

と、若宮が、いった。

「それなら、最初から、仙石線なんて利用しないで、パトカーで、仙台まで運べばよかったんだ」

と、電話の向こうで、渡辺秘書課長が、文句をいった。

若宮は、それには答えず、

「これから、陸前赤井駅にいって、爆発の状況や事件の様子などを、きいてから、もう一度、課長に電話します」

陸前赤井駅、こちらは、爆発の現場ということで規制線のロープを張って、駅舎の被害状況などを、盛んに調べているところで、若宮たちが、駅に入ることはできなかった。

そこで、若宮は、集まっている野次馬に、話を、きくことにした。

駅のそばに住む人たちの証言は、いちばん信憑性があった。なかでも、爆発音に驚いて、駅にすぐ駆けつけたという、近所に住む三十代の女性の証言が、もっとも正確な感じだった。

「子供を学校に送り出して、ほっとしていたら、突然、大きな爆発音があったんです。時間は九時十分だったと思います。慌てて窓を開けたら、駅のほうから、煙が立ちのぼっていたので、何だろうと、すぐに、駅に駆けつけたんです。まだ規制線のロープは、張られてなくて、駅のなかに入ることが、できましたけど、白煙が立ちこめていて、目が痛くなりましたよ。駅舎は、爆発で崩れてしまって、列車を待っていた人が何人か、ホームに座りこんでしまっていましたね。怪我をした人もいたようですが、そんなに、大きな怪我ではなかったみたいですね。到着した二台の救急車で、病院に運ばれていきましたよ。ニュースで、命には別状がないということをしって、安心しました。駅員さんも警察の皆さんも、やたらに、ぴりぴりしていて、何でこんなことをやったんだとか、列車がホームに入ってくる前でよかったとか、そんなことを、いっていましたよ」

そのうちに、駅員が出てきて、駅の入り口に手書きの〈緊急のおしらせ〉と書かれた、大きな紙を、張り出した。

黒いマジックで殴り書きされた、おしらせである。

〈本日朝の九時十分頃、当駅の駅舎が、爆破されました。

列車にも、軌道《レール》上にも、被害はありませんでしたが、事故の調査のため、しばらくの間、仙石線は、全線にわたって運行を停止し、現在、ＪＲの保安担当者と、宮城県警が調査中です。

乗客の皆様には、大変ご迷惑をおかけしますが、調査の結果、何事もなければ運転を再開しますので、それまでしばらくの間、お待ちくださるようお願いいたします〉

それが〈緊急のおしらせ〉だった。

若宮は、駅を見ながら、もう一度、渡辺秘書課長に電話をかけた。

「今、陸前赤井駅にきています。駅の入り口には、駅長の名前で『緊急のおしらせ』という張り紙が出ていまして、警察とＪＲで、全線にわたって調べていて、何事もなければ列車が動き出しますので、それまで待っていてくださいというようなことが、書いてあります。駅舎は爆発で粉々になっていますが、列車にもレールにも故障や被害はないので、まもなく、仙石線は復旧すると思います」

「それで、問題のプラチナは、どうなっているんだ？　列車からパトカーに移して、今、仙台に向かっているんだろう？　まだ仙台には着いていないのか？」

渡辺秘書課長が、いらいらしたような声を出した。

おそらく、藤井社長も心配していて、渡辺秘書課長に、いろいろと、きいているに違いない。

その社長の不安が、そのまま秘書課長の声になって、若宮にも、伝わってくるのである。

「問題の、プラチナを入れたトランクを運んでいるパトカー三台が、仙台警察署に着いたというしらせは、まだありません。こちらでは、なかなかニュースが入ってきませんので、そちらから直接、ＪＲに電話をするか、あるいは、宮城県警に電話をして調べられたほうが、早いのではないかと思いますが」

と、若宮が、いった。

その二十分後に、今度は渡辺のほうから若宮の携帯にかけてきた。

「たった今、仙台警察署に、パトカー三台が無事に到着したという連絡があったよ。だから、君のほうは、もう何の、心配もすることはない」

それだけいうと、渡辺は、勝手に電話を、切ってしまった。

その日の夕刊には、事件のことが、大々的に報じられた。若宮は、ホテルで夕食を取りながら、地元の新聞の記事に目を通した。

一面に、陸前赤井駅の駅舎が、爆破で崩れてしまった様子を撮った大きな写真があって、その横に、

〈犯人は陸前赤井の駅舎を爆破。目的は何か?〉

という大きな見出しが載っていた。

記事のほうを読んでいくと、犯人の目的は、やはり、快速列車で仙台の警察署まで運んでいこうとしたプラチナにあるのではないか? 二億円相当のプラチナを奪おうとして、快速列車が陸前赤井駅に到着した瞬間に、駅舎を爆破し、その混乱に乗じて、トランクに入ったプラチナを、奪おうとしたのではないか? 宮城県警では、そう見ているらしい。

九時十二分に、陸前赤井の駅舎を爆破していれば、たしかに、駅全体が混乱して、

列車はそこに、停車したまま動かなくなるだろう。乗客は、逃げ出すからそれに乗じて、プラチナを奪おうとしたのではないか？

ところが、快速列車が、陸前赤井駅に到着する寸前に時限装置が作動して爆発してしまった。そのために、犯人はプラチナを奪うことに、失敗したのだとも書かれていた。

柏原美紀が、今まで泊まっていたホテルから、若宮康介が泊まっているホテルに、移ってきた。たぶん、事件のことで、話をしたいのだ。

レストランにも、入ってきて、同じテーブルで一緒に夕食を取りながら、

「お邪魔かもしれないけど、しばらくこちらのホテルに、移るつもり。どうしても、今回のいろいろな事件と、姉とのことを結びつけて、何とかして、真相をしりたいから。若宮さんは藤井観光の社員だから、私なんかよりも、ずっと、真相を掴めるんじゃないかしら？　何かわかったら、ぜひ教えてください」

と、美紀が、いった。

「やはり、亡くなったお姉さんのことが、気になりますか？」

食事をしながら、若宮が、きいた。

「もちろん気になるわ。どうして、姉が五年前に、ホテル『グズマン二世』に泊まっていたのか？　どうして自分の部屋に、二億円相当のプラチナを置いておいたの

か？　それを、どうしてもしりたいんです。だって、姉が、そのプラチナを、どこからか盗んできたとか、あることないことをいう人だっているんです。あれは会社のプラチナで、それを、あの日に盗もうとして、自分が泊まっていた部屋に隠しておいた。ところが、東日本大震災が起こって、それで姉は死に、部屋には、プラチナだけが残った。そんなことをいう人もいるの。死んでしまった姉は、弁明できない。だから、姉が盗んだみたいにいう人が、いるんです。私には、それが悔しくて、何とか真相をしりたいと思っているの。だって、姉は真面目な人で、プラチナを盗むような、そんな人じゃ絶対にないから。たぶん、誰かに頼まれて一時的に自分の部屋で、預かっていたんじゃないかと思う。あの東日本大震災さえなければ、そのことが、はっきりして、姉は疑われずにすんだはずなのに、それが悔しいんです」

柏原美紀は、悔しいという言葉を、何度も口にした。

「お姉さんとは一緒に、住んでいなかったんでしょう？」

と、若宮が、きいた。

「ええ」

「どうしてです？」

「姉は、彼氏ができたらしくて、姉のほうから、別々に住もうといい出したんです」

「お姉さんに、恋人がいたのか？」

「ええ」

「その人に会ったことは？」

「ありません。でも年下らしかったから、若宮さんかと思ったんだけど」

「残念ながら、違いますよ」

と、若宮は、笑った。

話の途中で食事が終わり、ロビーに場所を移してからも、話が続いた。

若宮にとっても、自分の上司だった、柏原恵美と二億円相当のプラチナとの関係は、ぜひとも、しりたいことのひとつだったし、渡辺秘書課長は、その関係を調べてこいといって、自分に命令しているのである。その点で、柏原課長の妹とは、目的が一致する。

若宮は、ロビーでは、美紀の分までコーヒーを注文して、それを飲みながら、まず自分の考えをいった。

「僕がいちばん気になっているのは『グズマン二世号』の船体を引き揚げた、例の引き揚げ委員会の存在なんですよ。五人で構成されている委員会なんですが、そのなかに、この宮城県の、石巻周辺に住んでいるという人が、ひとりもいないんです。委員会の委員長は、松田さんという資産家だそうですが、なぜこの五人が、船体の引き揚げ委員会というものを作って、その上、資金まで全部自分たちで出して、船体の引き揚げをやったのか、僕は、それがしりたいんですよ。不思議なのは、彼らは引き揚げた船を、自分たちのものにするつもりはないようだし、船体も、そのなかにあったものも、すべて、藤井観光に渡すというところが、僕には、どうにも不可解なんですよ」

「私は、その委員長さんが、藤井観光の大株主だということはきいたことがありますけど、それで、藤井観光が所有している『グズマン二世号』が、八十メートルの海底に沈んでいることをしって、委員長さんが、引き揚げることを、決めたんじゃないんですか？」

と、美紀が、いう。

若宮はうなずいて、

「それが、唯一の納得できる答えなんですよ。それでわざわざ、資金まで出して引き揚げ委員会を作って、海底に沈んでいた船体を、引き揚げたということです。僕が気になるのは、やはり、この引き揚げ委員会と、引き揚げられた船内から発見された、二億円相当のプラチナとの関係なのです。ひょっとすると、そのプラチナのことを前々からしっていて、五人の引き揚げ委員会が、乗り出してきたのではないか？　僕には、そんな気がして、仕方がないんですよ」

「でも、引き揚げ委員会の人たちは、そのプラチナを寄越せとは、いっていないいんでしょう？」

「ええ、今のところ、そういう要求は、出していないみたいです。うちの社長も、プラチナのことは、まったくしらなかったし、自分のものではないといっているので、今のところそのプラチナが、宙に浮いてしまっているんですよ。だから、今度のような爆破事件が起きたのではないかと、思っているんです。持ち主のわかっていないプラチナですからね。それを盗もうとする人間が、いたとしても、不思議ではないいんですす。何しろ二億円相当ですからね」

と、若宮は、いった。

夜になっても、若宮は眠ることができず、ひとりで、部屋にいるのもいやなので、ロビーでテレビを見ていると、柏原美紀も、同じように、眠れないといって、ロビーにおりてきた。

二人は、ホテルのなかにあるバーに移って、美紀がカクテルを飲み、若宮は、ハイボールを頼んだ。

二人と同じように、眠れないのか、三人の泊まり客が、バーでワインを飲みながら、バーテンと、仙石線の爆破事件について、盛んに話しこんでいた。

「やっぱり、犯人の狙いは、例のプラチナだったんだろうね」

と、三人の泊まり客のひとりが、いう。

バーテンも、その言葉に、合わせるかのように、

「そうでしょうね。ほかには、考えられませんよ」

と、いい、さらに、

「黙って、仙台までパトカーで運んでいけばいいものを、途中から、仙石線に代えた。それも、臨時列車ではなく、朝の快速列車で、運ぶということが、半ば公然のことになっていたんで、それを狙った犯人が、陸前赤井駅で、爆破事件を起こしたんですよ。ところが、爆発させる時間が、ぴったり合わなくて、犯行が失敗し、問題のプラチナは、無事に仙台に着いて、仙台警察署に保管されてしまったんです。でも、これは偶然ですよ。警察の側にしてみれば、たまたま幸運だっただけ、そして、犯人の側にしてみれば、運が悪かっただけですよ」

と、いった。

そのうちに、話は、二億円相当のプラチナの持ち主のことに移っていった。いったい、そのプラチナは誰のものなのか、バーにいる泊まり客と、バーテンとが議論を始めた。

今のところ、持ち主として考えられる人間は、誰もが、自分のものではないと否定している。

そのうちに、話に加わった若宮が、引き揚げ委員会の、五人のことに触れた。

「僕には、どう考えても、連中の目的がわからないんですよ。今のところ、すべて善意でやっているようにも思えるし、問題のプラチナについても、自分たちが、ほしいというようなことは、ひと言もいっていませんからね。とにかく、彼らが、どういうつもりで船体の引き揚げをやっているのか、それが、わからないのですよ」

するとバーテンが、

「そういえば、引き揚げ委員会の、五人のうちの二人の方が、ここにいらっしゃったことがあるんですよ」

と、いった。

「その時、どんな話をしていたのかを、教えてくれませんか」

と、若宮が、いった。

「そうですね。まだ、引き揚げが開始される前でしたが、ここにいらっしゃって、何とかして、今回の引き揚げを、成功させたい。それから、船のなかにどんな宝物が積まれているかわからないから、それがとても、楽しみなんだと、お二人で、盛んにそんな話を、していらっしゃいましたよ」

と、バーテンが、いった。

（それならば、連中は、ホテル『グズマン二世』の船内に、二億円相当のプラチナが眠っていることを、しっていたのではないだろうか？　それをしっていて、引き揚げ委員会を作り、船を、引き揚げたのではないのだろうか？）

そんな疑念が、若宮の頭のなかで、大きくなっていった。

第四章

仙石線爆破事件

1

仙石線の陸前赤井駅の駅舎が爆破されたこと、二億円相当のプラチナがその陸前赤井駅の駅舎の爆破によって、仙石線の列車で運ぶ計画の途中から、パトカーを動員して仙台警察署まで運ぶ方法に変更されたことも、冷静に見れば十津川にとっては関係ない事件だった。

新聞の社会面を見れば、かなりのスペースを取って報道されていても、自分とは関係ない、宮城県警の事件でしかなかった。それが突然、自分たちの事件になったのだ。

十津川は、東京青梅市にある、清心院という病院で起きた殺人未遂事件を捜査していた。その事件の被害者であり、清心院の患者でもあった千石典子に、毎週月曜日に見舞いにきていた四十歳の小西大介を、容疑者のひとりとして調べていた。その小西大介が突然、月曜日に見舞いにこなくなり、世田谷のマンションからも、姿を消してしまった。その小西大介を全力をあげて捜していたのである。

東日本大震災で沈んだ、当時、ホテルとして使われていた北欧の豪華船「グズマン二世号」が金華山《きんかざん》沖の海底で発見され、引き揚げられ、その後、二億円相当のプラチナが船内から発見されたことが、十津川たちの事件と結びついてくるとは、まったく考えてもいなかった。

ところが、行方不明になってしまった小西大介を捜している途中で、小西大介と思われる男の死体が、松島海岸近くの高台にある林のなかで、発見されたというのだ。そのしらせを受け、十津川は亀井と宮城県警本部に急行した。

2

宮城県内の仙台警察署に、二億円相当のプラチナ関連爆破事件の捜査本部が置かれていたが、松島海岸の近くの高台にある林のなかで発見された死体については、ほとんど、捜査に力を入れていなかった。それでも、県警の後藤という、二十六歳の若い刑事が、十津川に、死体について説明してくれた。後藤刑事は、メモを見ながら、小西大介の死体が発見されたことについて、

「発見された時、死後数日がたっていて、腐敗も始まっていました。司法解剖をしたのですが、その結果わかったのは、顔面、あるいは背中などに殴られた痕跡があり、そのため、かなり多量の血が噴き出していて、そのための失血死だと断定されました。最初は身元不明だったのですが、死体から五メートルほど離れた林のなかで、被害者の運転免許証が発見されました。それで東京世田谷のマンションに住む、小西大介、四十歳とわかったんです」

「それは、新聞に、発表されましたね。小西大介の家族、あるいは友人知人たちから、問い合わせの電話はありましたか？」

「それが、まったくありません」

と、後藤刑事がいう。

十津川たちは、病院に冷凍保管されている、小西大介の遺体に対面した。確かに腐敗が進行していることはわかったし、顔面もたぶん殴られたのであろう、骨が折れ、肋骨も折れていた。司法解剖の結果によれば、全身に十四カ所の殴打の跡が発見されたという。その後、後藤刑事に、死体が発見された場所に案内された。

仙石線の松島海岸駅、そこから急な登り道をあがっていった高台、松島海岸を一望の下に見渡せる見晴らし台があり、十津川はまず見た景色に驚かされた。東日本大震災の後遺症がまだ、東北の海岸付近には残っているときいていたからである。

ところが、見晴らし台から一望する松島海岸は、その傷跡が、ほとんど見当たらなかった。海の青と島々のグリーン、そして、島巡りの真っ白な観光船。観光客の姿も多い。

「復興の進まないところもあります」

と、後藤が、いった。

後藤刑事は二人を、林のなかに案内した。

「このあたりに、死体は放置されていましたが、土がかぶされていたので、発見が遅れました」

「どんな状態で放置されていたんですか？」

「衣服はなく、全裸の状態でした。もし近くで運転免許証が見つからなければ、なかなか身元がわからなかったと思います。この宮城県の人間ではなくて、東京の人間でしたから」

と、後藤がいう。

十津川は、小西大介の司法解剖の報告書をコピーしてもらい、県警本部と合同捜査について話し合ってから、仙台に一泊し、翌日東京に帰ることにした。時間的に夜になってしまったということもあった。県警が紹介してくれた仙台市内のホテルに泊まることにして、夕食は、ホテルですませることにした。バイキング方式の夕

食の間、亀井は小さなため息をついて、

「どうも宮城県警は、二億円相当のプラチナのことで、大騒ぎですね。死体で発見された小西大介の件は、あまり、話題にもしていませんね」

と、いった。

「それでも、松島海岸の高台の林のなかで死体で発見された小西大介の件は、殺人の疑いがあるとして、一応、宮城県警では殺人事件として捜査をしているよ」

「しかし、被害者の小西大介が東京の人間だとわかった途端に、我々に、捜査を押しつけている感じですよ」

と、亀井が文句をいった。

「それはまあ、仕方がないさ。もうひとつの爆破事件には、なにしろ、二億円相当のプラチナが絡んでいるからね」

と、十津川は笑ってから、

「それにしても、小西大介は、なぜ、この松島海岸で殺されたのかね？　宮城県警が夢中になっている二億円相当のプラチナ、そしてプラチナが積みこまれていた『グズマン二世号』の話とは、何か、関係があるかもしれないな」

と、いった。

「どのあたりがですか？」

「小西大介が、毎週月曜日に会いにいっていた清心院の患者、千石典子のことだよ。千石典子はＮＮＮというモデルクラブのモデルをやっていて、東京のホテルなんかに、泊まりこんでいたといわれている。彼女が利用していたホテルは、観光会社の会員権が使えるが、そのなかに、ホテル『グズマン二世』も入っていたんだ。まだ彼女が『グズマン二世』という船のホテルに泊まったことがあるかどうかはわからないがね。それを考えると、二つの事件は結びつくかもしれないんだ」

と、十津川は、いった。

翌日、十津川は、朝食をホテルですませると、再度、宮城県警本部にいった。応対に出た後藤刑事に、

「こちらで捜査中の、例の、二億円相当のプラチナ事件ですが、できればそちらの事件を担当している責任者に会わせてもらえませんかね。ちょっとききたいことがあるんで」

と、いった。

「担当は、吉川警部ですが、今いちばん忙しいところかもしれません」

と、後藤がいう。明らかに、東京とは関係のない事件と考えていることが、後藤刑事の顔にも表れていた。それでも十津川は、

「いや、時間は取らせませんよ。二、三おききしたいことがあるだけだから」

それで何とか、二億円プラチナ事件の捜査本部が置かれた部屋に案内してもらい、事件を担当している吉川警部に会うことができた。

「これから『グズマン二世号』の引き揚げに協力してくれた五人の引き揚げ委員会の人たちと会わなければなりませんので、申しわけないが時間はありません」

最初から、吉川警部がいうのだ。

「いや十分間いただければ、それですむことですから」

と十津川は、いってから、

「問題の『グズマン二世号』は東日本大震災で沈没して、五年後になって発見され、すぐ引き揚げられましたね。発見されたのは確か、六月だったと思うんですが」

「そうですよ。発見されたのは、六月です」

「その引き揚げ作業が、意外に早く実行されて、引き揚げられましたね」

「そうですが、それが十津川さんの現在捜査中の事件と、関係があるんですか?」

「実は、東京の清心院という病院に入院している患者について調べていたんです。名前は千石典子。NNNというモデルクラブに属していたモデルだったんですが、その、モデルクラブから失踪しましてね。上野公園で倒れているのが発見されたんです。その時なぜか、精神を病んでいましてね。何をきいてもまともな答えが返ってこないのですが、何者かに襲われましてね。さらに、千石典子の知り合いだという男がいましてね。どうも、この男が怪しいんですが、今度、松島海岸の高台の林のなかで遺体で発見された、小西大介なんですよ」

「それだけですか？」

吉川警部は、笑って、

「それだけでは、十津川さんのいう東京の事件と、こちらの事件とは、とても結びつきませんね」

と、いった。

「確かに、結びつくものは、まだ見つかっていませんが、何か、関係があるような気がしましてね」

「申しわけありませんが、これから『グズマン二世号』を引き揚げるのに尽力してくれた、五人の引き揚げ委員会の人たちと、会わなければいけませんので」

と、吉川警部は、立ちあがった。そこまでいわれては、これ以上引き留めるわけにもいかず、十津川は礼をいって、捜査本部をあとにした。その時、後藤刑事に会ったので、

「こちらで捜査中の事件について、もう少ししりたいので、時間を取ってもらえませんか」

と、頼んだ。

「私は、その事件に関係していないので、あまり深くはしりませんよ」

といわれてしまった。亀井刑事が、むっとした顔をしているが、十津川は構わずに、

「この近くに、カフェがありましたね。そこで話をききたい」

といって、十津川は、その店に連れていった。

店の二階にあがり、窓際に腰をおろすと、そこから仙台の街が見える。コーヒーを注文したあとで、

「問題の『グズマン二世号』から発見されたプラチナですが、持ち主はまだわかっていないんですか？」

と、十津川がきいた。

「わかりません。何しろ、二億円相当ですからすぐ、持ち主が、名乗り出てくると思ったんですが、一向に持ち主は現れません」

「それについて、県警ではどう考えているんですか？」

「何か、いわくのあるプラチナらしいと考えています」

「つまり、犯罪に関係があるのではないかと？」

「そうですね。それで、県警でも捜査本部を立ちあげて捜査しているんですが、なかなか答えが見つかっていません」

「『グズマン二世』というホテルの客室のひとつで、二億円相当のプラチナが発見されたが、その部屋には女性の遺体もあったとニュースできいたんですが、これも間違いありませんか？」

「柏原恵美という女性です。この女性は『グズマン二世号』の所有主である藤井観光という会社の社員だと、わかりました」

「その、柏原恵美という女性と、プラチナとは、どう結びついているんですか？」

「彼女が、亡くなっていた部屋で、プラチナも発見されたんですが、彼女は、観光会社の社員だから、誰かに頼まれて、プラチナをその部屋に隠しておいたのかもしれないし、今のところ、何もわからないんですよ。しかし、東京で起きた清心院の事件とは、何も関係ないとは思いますよ」

と、しつこく繰り返した。

「もうひとつ、教えて下さい。そのプラチナですが、石巻から仙石線で、仙台まで運ぼうとした。ところが、途中の陸前赤井駅ですか、そこで、爆破事件が起きて、仙石線が停まってしまった。急遽、県警本部からパトカーを三台出して、それに移して、ここに運んできた。これも、間違いありませんか？」

「間違いありませんよ。でも別に、二億円相当のプラチナが、奪われたわけじゃないですから」

「しかし、途中の陸前赤井駅では、駅舎が爆破されたわけでしょう？　危うく、奪われるところだった？」

「そうです。それで、急遽、列車ではなく、パトカーで運んだんです」

「ニュースでは、何でも、プラチナを積んだ列車が、陸前赤井駅に到着する寸前に爆発が起きた、ということをいっていたんですが、これも、間違いありませんか」

「列車は、陸前赤井駅を九時一二分に出発することになっていたんです。もし正確に、駅舎が爆破されていたら、大騒ぎになっていたんでしょうが、確か一分か二分、早く爆発が起きてしまったので、警察としては、プラチナを列車からパトカーに移して、無事に運ぶことができたんです」

「陸前赤井駅発は、九時一二分。その一分か二分前に爆発が起きてしまった。それは爆破をやった犯人の失敗ですね？」

亀井が、きいた。

「そうです。その失敗があったんで、こちらとしては、助かったわけですが」

後藤刑事が、あまりこちらの話にのってきていないとわかるので、十津川は、このあたりで後藤刑事に帰ってもらうことにした。その後、亀井刑事が、

「何ですかね。宮城県警全体が、殺人事件よりもプラチナ事件のほうを、重く見ているような感じですね」

と、文句をいう。

「仕方がないさ。私だって同じ立場に立ったら、ありきたりの殺人事件よりも、二億円相当のプラチナのほうを、重く見るかもしれないからな」

十津川が、笑うと、店の奥にいた若い男女が近寄ってきて、十津川に声をかけた。

「今、お話を伺っていました。私は東京からきた藤井観光の社員で若宮と申します。こちらは柏原美紀さんです。時間を、お借りして構いませんか？」

「構いませんが、どんな話でしょうか？」

と、十津川がきいた。

「実はこちらの柏原美紀さんは――」

と、若宮がいう。十津川は、

「ニュースで、しっていますよ。確か発見されたホテル『グズマン二世』の客室で、プラチナと一緒の部屋で亡くなっていた藤井観光の課長さんの、妹さんでしょう」

「そうなんです。私は藤井観光の社員で、社長の命令でプラチナのことについて調べているし、こちらは、亡くなったお姉さんのことについて調べているんですが、何もかも、一向にはっきりしないんですよ。それで直接、刑事さんに、話をききたいと思いましてね」

と、若宮が、いう。

「しかし、我々は、松島海岸近くの高台にある林のなかで亡くなっていた、小西大介という男の件で捜査しているわけで、プラチナの事件について、捜査をしているわけではありませんよ」

と、十津川はいった。今度は若宮が、小さく笑って、

「しかし、さっききくともなくお話を伺っていたら、そちらもかなりプラチナの事件について、関心がおありのようじゃありませんか」

と、いった。

「まいったなあ」

と、十津川も、笑って、

「あれは、可能性をいっただけで、今のところ、関係があるという証拠は何もありません」

と、正直にいった。

「プラチナを、女川から仙台警察署まで運んだわけですが、どうにもわからないのは、最初から、パトカーで運べばいいのに、石巻からは、仙石線の列車で、運ぼうとした。それが、不可解なんですよ。たぶん、犯人は、それをしって奪い取ろうとして、途中の陸前赤井の駅舎に、爆弾を仕かけた。それが杜撰《ずさん》で、正しく九時十二分に爆発すれば大騒ぎになって、その隙にプラチナを奪うこともできたかもしれな

いのに、一、二分早く爆発してしまった。そうした犯人のミスのおかげで、プラチナは無事に仙台警察署まで運ばれた。今もいったように、なぜ、仙台まで最初からパトカーで運ばなかったのか。それが、不思議でしかたがないんですよ」

「その件について、県警本部にきいたことがあるんですか？」

「一応ききましたけど、無事に運べると思っていた。そういう答えしか返ってきません」

「あなたがいった、仙石線でプラチナを運ぶということは、新聞やテレビで、前もって報道されていたんですか？」

「いや、それはありませんでしたが、関係者はみんなしっていましたよ。私も、しっていました。とにかく、藤井観光の社員ですから、今回の事件は関係があります」

と、若宮は、いった。

「柏原美紀さんはどうですか？　しっていましたか？」

「ええ。私も、姉がプラチナと一緒に亡くなっていますから、きいていました。ただ、何時何分発の列車という、細かいことはしりませんでしたけど」

「ほかに、誰がしっていたんですかね？」

「例の五人の委員の人たちは、しっていたはずです」

「五人の委員というと『グズマン二世号』の引き揚げに、尽力した人たちですね？」

「そうです。その五人と警察とは、しょっちゅう会って話をしていましたから、詳しい運搬スケジュールも、しっていたに違いありません」

「何人もが、しっていたとすると、宮城県警は、わざとパトカーで一気に運ばず、仙石線を使うことにしたのかもしれませんね。わざと犯人に襲撃させて、プラチナの謎を、解こうとしたのかもしれない」

と、十津川がいった。

「石巻から、終点の仙台まででしょう。仙石線の時刻表、ありませんかね？」

十津川がいうと、若宮はすぐこの店から時刻表を借りてきて、仙石線のページを開いて、彼の前に置いた。

時刻表を見ると、宮城県警がプラチナを運ぶために使った列車は、快速列車で、石巻発九時〇三分。仙台着は、一時間後の一〇時〇四分である。そして問題の陸前赤井駅は九時一二分になっていた。

「この快速列車は、松島海岸ではなくて高城町から別のルートを走っている。つまり高城町から塩釜を通って、仙台に着く。松島海岸にいきたければ、この高城町で乗り換えて別のルートを通る必要があるようですね」

「警察がこのルートを選んだのは、間違いじゃないと思うんです。松島海岸ルートだと二十分以上、よけいに時間がかかってしまいますから」

と、若宮がいった。十津川は、その時刻表を亀井にまわして、

「何か、カメさんが、気がついたことがあったら、教えてくれ」

と、いった。

亀井刑事は、暫くその時刻表を眺めていたが、急に、

「あれっ？」

と、大きな声を出した。

「何かおかしいところがあるのか？」

「時刻表は決まったものですから、別におかしいところはありませんが、プラチナを運ぶことに使った上りの快速列車ですが、九時一二分に陸前赤井駅発になっていますよね」

「それで？」

「仙台から石巻に向かう、下りの快速列車もあるんですが、そのひとつが、問題の陸前赤井駅を同じく九時一二分発になっているんですよ」

「たぶん、陸前赤井駅で、すれ違うんじゃないのか？　単線の多い地方の鉄道ではよくあることだよ」

と、十津川がいった。

「しかし、気になりますよ。これ、偶然ですかね。陸前赤井駅で下りの快速列車と、上りの快速列車が、同じ九時一二分発になっているのは？」

「カメさん、何が、いいたいんだ？」

「この上りの仙台行の快速列車は、高城町から塩釜経由で、仙台には三十二分で着きますが、同じ九時一二分の陸前赤井の下りの快速列車は同じように松島海岸は通っていません」

「快速列車は、すべて上りも下りも早いルートを取るんじゃないのか」

「それでも、やっぱり、この九時一二分という同じ時刻を陸前赤井駅というのは、気になりますね」

「カメさんが、何を考えているのかいってくれ」

と、十津川が促した。

「宮城県警でも、こちらの若宮さんや柏原美紀さんも、プラチナを運ぶ快速列車を襲おうとして犯人は九時十二分に、陸前赤井駅で駅舎を爆破して、列車を停めようとした。しかし、それが失敗して、一、二分早く爆発してしまったので、途中で列車は停まり、それで、今度はパトカーに移して、運んでいった。そういっていますよね？」

「ほかに考えようはありませんよ」

と、若宮が、いう。

「ひょっとすると、犯人はこの上りの快速列車を停めようとしたんじゃなくて、下りの快速列車を、停めようとしたんじゃないですかね？　この下りの快速列車だって、陸前赤井駅で、一、二分前に爆発が起きれば、列車が途中で停まってしまう。被害は同じように受けたはずですから。そうなると、犯人が、どっちの列車を停めようとしたのか、わからなくなってきますよ」

と、亀井がいうのだ。

「しかし、カメさん。上りの快速列車には、二億円相当のプラチナが積んであったんだ。普通に考えれば、こちらの、上り快速列車を停めようとした。そう考えるのが、自然じゃないかね？」

と、十津川が、いった。

「確かにそのとおりですが、それは、上りの快速列車にプラチナが積んであるので、狙われたのは上りの快速列車と考えてしまうんじゃありませんか？　これが、プラチナとは、何の関係もない爆破事件なら、どちらの快速列車が狙われたのか、どちらの快速列車を停めようとしたのか、わかりませんよ」

「確かに、それはそうだが――」

「もうひとつ、不審な点があります」

なおも、亀井が、いった。

「この際だから何でもいってくれ」

と、十津川が促した。

「犯人は、九時十二分に、陸前赤井駅で駅舎を爆破しようとした。ちょうどその時間に列車が停まっていれば大混乱になり、その混乱につけ入って、二億円相当のプラチナを奪おうとしたのかもしれないと、誰もかれもいっていますね。しかし犯人は、わざと九時十二分より一分か二分前に、爆破したんじゃないかと思うんですよ。時限爆弾だって、今は目覚まし時計を使って簡単に、作れますからね。それにミスで、一、二分前に爆発させてしまうというのは、今の時代、何となくおかしいと思うのです。ですから犯人は、わざと九時十二分の一分か二分前に、爆発するよう仕かけたんじゃありませんかね？」

「しかし、どうして、そんなことをするんだ。そうしたら、陸前赤井駅の手前で列車は停まってしまい、簡単にはプラチナは、奪えなくなってしまうぞ」

と、十津川が、いった。

「それは、あくまでも、犯人がプラチナを奪おうとしたと考えるからでしょう」

「それじゃあ、どう考えたらいいんですか？」

と、若宮がきく。

「こちらの下りの快速列車ですが、仙台発が八時一九分、石巻着が九時二〇分。こちらの快速列車に誰かが乗っていた。犯人は、その人間を石巻までいかせまいとして、途中駅の陸前赤井駅の手前で、爆破事件を起こした。ふとそう考えたんですが、その可能性だってあるんじゃありませんか？」

「なぜ、そんなまどろっこしいことを犯人はしたんですか？」

と、柏原美紀がきく。

「今、勝手に考えたんですが、下りの快速列車には、殺された小西大介が乗っていたんじゃありませんか？　犯人は小西大介を、石巻までいかせたくなかった。だから、途中の駅で爆破騒ぎを起こした。もし、小西大介が、この列車に乗っていたとすれば、自分が狙われたと思って、慌てて列車を降りたに違いありません。その小西大介を、犯人が捕まえた。つまり、小西大介を列車から降ろすために、陸前赤井駅で爆破事件を起こした――」

「しかしカメさん、それはあまり説得力がないんじゃないか。それにもし、そうだとしても、小西大介はなぜ、この列車に乗っていたのか。それをどうして犯人はしっていたのか。その点が、解明できないと、カメさんの考えは、面白いだけで終わってしまうよ」

と、十津川が、いった。

「犯人はたぶん、両方の快速列車のことを、しっていたんだと思いますね。犯人は、今も申しあげたように、この下りの快速列車に、小西大介が乗っていることをしっていた。しかしこの列車を爆破したり、途中で小西大介を降ろしたりすれば、犯人の目的がわかってしまう。そう考えているうちに、警察が、問題のプラチナを、上りの快速列車で運ぶのをしった。時刻表を見ると、九時一二分という同じ時刻に陸前赤井駅出発とわかった。そこで、その一、二分前に陸前赤井駅の駅舎を爆破してしまえば、誰もがプラチナを奪おうとした犯人が、駅舎を爆破したと考えてしまう。そう考えたので、同じ二つの列車の共通項、陸前赤井駅・出発九時一二分、その時刻を、利用したんじゃないかと、ふと考えたんですよ。そうすれば誰もが、犯人の目的は小西大介を列車から降ろすためではなくて、プラチナを奪うために陸前赤井駅を爆破したと考えるに違いない。そう思って犯人は、時限爆弾を仕かけたのではないか。そんなふうに考えてみたんですが、確かに警部のいわれたとおり、今のところ、何の証拠もありません」

亀井が、いった。それに対して、若宮が、

「確かに証拠はありませんが、面白い考えだと思いますね」

と、十津川に向かっていった。

「しかし、亀井刑事の考えが正しいとすれば、犯人は、九時一二分に陸前赤井駅を出発する、上りの快速列車にプラチナが積まれているということを、しっていたことになる。しかし事件の関係者の多くは、しらなかったわけでしょう？」

「引き揚げ委員会の五人は、しっていましたよ」

と、若宮が、切り返した。それを助けるように、柏原美紀も、

「私も同じ意見です。どうも、あの引き揚げ委員会の五人は、怪しいんですよ。あの五人は、警察の動きについて、詳しいことをしっていたと思うんです。警察だって、引き揚げを計画し実行した委員会の五人は、無視できませんからね。きかれれば、すべてを、話していたんだと思います」

といった。

3

十津川は、もう一度時刻表を見直した。仙石線の時刻表である。全線が復活して、詳しい時刻表ができている。確かに、仙台〜石巻間を何本もの列車が走っているが、プラチナを積んだ上りの快速列車は、石巻九時〇三分、陸前山下九時〇五分、蛇田

九時〇八分、そして、四つ目の陸前赤井には、九時一二分と書かれている。その九時一二分に、まったく同じ時刻が書かれているのは、仙台八時一九分発の石巻行快速列車だけである。

そして、上りの快速列車のほうに、二億円相当のプラチナが積まれていたのだから、その列車が、途中の陸前赤井駅で、駅舎の爆破に遭遇すれば誰だって、爆破の犯人は、プラチナを奪おうとして爆破したに違いないと思うだろう。その上、一、二分前に爆発したのは、時限爆弾の失敗だと、思うに違いない。犯人は、そこまで考えて、爆破事件を起こしたのだろうか？

「帰京する前にもう一度、県警本部にいってくるよ」

と、十津川は、亀井に向かっていった。

「その結果を、私たちにも教えてくれませんか。私たちも、必死になって二つの事件を追いかけているんですから」

若宮が、真面目な表情でいった。

「君は藤井観光の社員だろ。社長から問題のプラチナについて、調べるようにいわれているんだろう？」

「そうです。それに、こちらの柏原美紀さんは、亡くなったお姉さんの件について、どうして沈んだ豪華客船の部屋にプラチナがあったのか、それを、しりたいと思っているんです」

「結果がわかって、君たちに話してもよいと思ったら、もう一度会おう。ただし、一緒に県警本部にいっても、君たちは、拒否されるぞ」

と、十津川が、いった。

カフェを出たところで二人とわかれ、十津川と亀井は、県警本部で吉川警部に面会を求めたが、今県警本部のなかで、例の五人の引き揚げ委員会の人たちと、話をしているということで、三十分近く待たされた。そのあと、県警本部のなかの応接室で、十津川たちは、吉川警部に会うことができた。

「例の引き揚げ委員会の五人に会われていたそうですね？」

十津川がきくと、

「会いましたが、こちらの質問に答えてもらえないので、困っていますよ」

といって、苦笑いした。それでも、

「しかし、五人の委員と、十津川さんたちとは、別に関係ないでしょう」

と、またいう。今度は、十津川が苦笑する番だった。

「確かに、我々は船の引き揚げには関係ありませんが、二億円相当のプラチナとは、どこかで、関係があるかもしれません」

十津川は、カフェで話し合った仙石線の時刻表について、吉川警部にも話をした。

そのあとでも吉川警部が、関心を示さなければ、黙って帰るより仕方がない、と思ったのだが、十津川の話の途中から、吉川警部の顔がきつくなっていった。明らかに、関心を示しているのだ。十津川が話し終わると、

「面白いですよ」

と、いった。

「しかし下りの快速列車のほうに、十津川さんのいう、小西大介が乗っていたという証拠がないと、この仮説は成立しませんね」

「確かに、そのとおりです。上りの快速列車のほうですが、その列車に県警がプラチナを積んで、仙台まで運んでいくという計画を、誰がしっていたか、しりたいんです」

と、十津川がいった。

「プラチナの件については多くの人がしっていますが、あの快速列車で運ぶことをしっていた者は、あまり多くはありませんよ」

「引き揚げ委員会の五人は、しっていたわけでしょう?」

「ええ、話しました。何しろ、問題の船を引き揚げたのは、五人の引き揚げ委員会で、それだけの功績がある人たちには、秘密にしてはいられませんから」

「ほかにはいませんか?」

「船が引き揚げられてから、警察と五人の委員と、それから、宮城県の県会議員の人たちにも話をしました。どうやって運ぶのかときかれましたから。石巻まではパトカーで運び、石巻から仙台までは、仙石線で運ぶと申しあげましたが、どの列車で運ぶかは、話していません。そこまで話したのは、五人の委員だけのはずです」

と、吉川警部がいった。

「その五人ですが、自分たちが引き揚げたにもかかわらず、何の要求も、してこないそうですね？」

「そのとおりです。何の要求もしていません。ただ、あの船の沈没も東日本大震災のひとつだから、今回の大震災について関係あるんですが、復興に協力はするが、何かもらいたいとは思わないし、その気もないというんで、なかなか人気があるんですよ」

「しかし、吉川警部はその五人の委員を、不審な目で見られているんじゃありませんか？」

「わかりますか？」

「わかりますよ」

「あまりにも欲がない。その上、引き揚げの資金まで出している。あまりにも綺麗すぎるんで、逆に、あの五人に関しては疑いを持っているんです。ただ、今のところまったくそれらしいことは、見つかっていませんが」

「それで、お願いがあるんです」

と、十津川がいった。

「我々は、東京で起きた事件について捜査をしていて、その関係者のひとりが、松島海岸の近くの高台にある林のなかで、遺体で発見された。それで、この二つの事件には、関係があるのではないかと思っているわけですが、これから、申しあげる人物について、そちらの捜査の過程でその名前が挙がってきたら、ぜひ、教えていただきたいのです」

と、十津川は、手帳を見ながらその名前をいった。

「NNNクラブ社長・成瀬けい五十三歳。千石典子。現在、東京の青梅にある清心院という病院に入院中。成瀬けいが、社長をやっているNNNクラブで、モデルをやっていました。それが、五年前に精神を病んでいる状態で、上野公園で発見されています。現在、今いった清心院の入院患者ですが、私たちは、五年前ということに、何かあるのではないかと考えているのですが、今のところ、何もわかっていません。若宮康介。藤井観光の社員です。社長の命令でこちらにきて、沈んだ船のこと、それから同じく藤井観光の課長だった柏原恵美。これは問題の船と一緒に、というよりプラチナと一緒に、船内から遺体で発見された藤井観光の社員です。若宮は、そのことを調べています。そしてもうひとり、柏原美紀。これは、柏原恵美の妹です。この五人について、何かそちらでわかったことがあれば、すぐ連絡していただきたいのです。また、東京で何かわかれば、こちらにすぐ、おしらせします」

と、十津川はいった。

4

この後、十津川は、JR仙台駅の構内のカフェで、若宮と柏原美紀の二人と会った。二人はもう少しこちらに残って、調べるといっている。それに対して亀井が、

「調べるのも結構だが、用心したほうがいい」

と、いった。

「小西大介という人が、松島海岸近くの高台にある林のなかで殺されていたからですか？」

若宮が、きく。

「それもあるが、例の引き揚げ委員会の五人だって、今のところ、なぜ、自分たち

から名乗りをあげて船を引き揚げたのか、わからないわけだろ。どうもそんなことが、我々としても、気になるんでね。君たちがあまり深みにはまっていくと、危険だから。それだけは、心得ていてくれ。これ以上、死人は、出したくないんだよ」

と、亀井がいった。

「問題の引き揚げ委員会の五人については、東京で調べるんでしょう?」

と、柏原美紀が、きく。

「一応五人とも、東京が、住所になっているようなのでね。調べることに、していますよ」

「何かわかったら、教えて下さい。私は、なぜ姉が船のなかで死んでいたのか、なぜプラチナと一緒の部屋にいたのか、どうしてもそれが、しりたいんです。ですから、事件に関係のあることは、何でもしりたいと思っています」

「問題の五人の委員は、暫くこの仙台に、あるいは、女川にいるつもりなんだろうか?」

亀井がきいた。

「これは、藤井観光の、本社から電話でいわれたんですが、あの五人の委員は、問題の船を、藤井観光が廃棄処分にするというので、東日本大震災の時、船のなかで亡くなったと思われる人たち、乗客と社員全員の石碑を建てたい。そのためにもう少し、こちらに、残るといっています」

「石碑を建てるんですか？」

「そういってますよ。自分たちは、船の引き揚げに尽力したが、船のなかで、亡くなった人もいる。このままほったらかしで、東京に帰るわけにはいかないので、石碑を建て、大震災のことを忘れないようにしたい。それで現在、仙台のホテルに、五人とも泊まっているようです。石碑を建てる場所は、船が引き揚げられた女川だと、きいています。皆さん、この話に感動しているんですよ。あの引き揚げ委員会の五人は、立派な人だ。自分とは関係ない船まで引き揚げ、その上、船のなかで、亡くなった人や行方不明の人たちの、石碑まで建てるというんですからね。宮城県警も、感謝しているんじゃありませんか」

と、若宮がいった。

「それが君には、却って怪しいと映っているんだな？」

「そうですよ。みんなが褒めるばかりでは、今回の事件の謎は、解けませんからね」

若宮は、怒ったような声で、いった。

5

東京に帰り、三上《みかみ》本部長や本多《ほんだ》一課長に報告をすませたあと、十津川は亀井と二人で、青梅にある、清心院を訪ねた。

そこにはまだ、千石典子が、入院している。十津川が東京に帰ってから、特に会いたいと思うのは、例の引き揚げ委員会の五人の男である。彼等五人が現地の関係者、あるいは、宮城県警の本部長に渡した名刺によれば、新アジア倶楽部と名乗り、そしてその代表者としては、五人のなかのひとり、松田英太郎《まつだえいたろう》（七十歳）と名乗っている。その名刺には中央区《ちゆうおうく》内の超高層ビルの、最上階の四十二階に、問題の倶楽部はあるという。そこで十津川と亀井は、その新アジア倶楽部を訪ねてみた。そして、五人はこの新アジア倶楽部を構成する五人であって、名前はこうあった。

会長の松田英太郎（七十歳）

ほかの四人は新アジア倶楽部の理事になっていて、

木村健吾《きむらけんご》（六十五歳）

村越新太郎《むらこししんたろう》（六十四歳）
塚本真之介《つかもとしんのすけ》（六十歳）
山下勝之《やましたかつゆき》（六十歳）

となっていた。新アジア倶楽部の業務内容もわかってきた。

もちろんすべて、この五人の名前で発表されたものであって、真偽のほどははっきりしない。

業務内容は、会社などは持たず、五人は日本の主要企業の株を、大量に持っているといわれていて、アジアのため、あるいは日本のためになることはすべて営利を求めず、資金を出して、その業務を援助する、となっていた。

たしかに、松田英太郎たち五人が、宮城県警や、問題の船の引き揚げに関係していることに対して話したことによれば、所有している、株の配当だけでも、新アジア倶楽部は、年収が十数億円ともいわれていた。

会長の松田英太郎は、宮城県警本部で、本部長がどんな業務をやっているのかときくと、こう答えている。

「私たちの新アジア倶楽部は、日本あるいはアジアのためになるものと思えば、喜んで経済的な援助をします。それが、新アジア倶楽部の方針です。今回、海底に沈んだ船を引き揚げることについても、皆さんがそれを望んでおられることをしったので、援助させていただきました。これも、私たち、新アジア倶楽部の業務内容に入っております」

と、答えたという。

十津川は、中央区内のビルのなかにある、新アジア倶楽部を訪ねる前に、友人で中央新聞の社会部記者をしている田島《たじま》に会って、この倶楽部について話をきいていた。

「この倶楽部の会員たちは、自分たちは営利を求めぬ慈善団体だといっている」

と、田島がいった。

「それは、正しいのか？」

「確かに、日本国内でもさまざまな団体や個人に対して援助をしているし、東南アジア、特にベトナムなどに寄付をして学校を作ったり、電気の届いていないところに、ソーラーパネルを送ったりはしている。しかしね、あの倶楽部が、日本を代表する大企業の株をあれだけ取得していることについては、色々な噂があるんだ。正当に儲けて、株を手に入れたという話もあれば、危険な方法で手に入れたという声もある。それに、与党の政治家に対して、多額の政治献金をしているのも、あの倶楽部だ。だから、あの倶楽部が怖いという人もいる。政治家に手を回して、ライバルを叩き潰すようなこともしてきたという話もあるからね」

「新アジア倶楽部が、東北の金華山沖で、五年前の東日本大震災で沈んだ豪華船、これはホテルとして使っていたんだが、その引き揚げを無償でやったんだ。それについては、本当に無償で引き受けたと思うかね？」

「その話については、うちの新聞も取りあげたからしってるよ。彼等は関係者に対して、何も要求していない。しかし今もいったように、それを鵜呑みにすると間違えてしまう。何かあって、無償で資金を提供したんじゃないか？　俺なんかはそう見ているんだがね」

と、田島はいった。

それだけの知識を、頭に入れてから、十津川は亀井と中央区内のビルの最上階にある、新アジア倶楽部を訪ねていった。

五人で作られた倶楽部だが、そのうちの三人は、まだ宮城県のほうにいっているということで、会長の松田英太郎と、理事の木村健吾の二人にだけ、会うことができた。

最上階の四十二階全部を、新アジア倶楽部が占有していた。そのなかの広い応接室で、十津川は、松田と木村に会った。若い二十代の女性が茶菓子を十津川たちの前に置き、一礼して姿を消した。そのお茶を一口飲んでから、十津川がいった。

「先日、宮城県から帰ってきました。実は向こうの、松島海岸近くの高台にある林のなかで、小西大介という男が遺体で発見されましてね。この小西大介という名前に心当たりはありませんか？」

と、二人に、きいた。

「まったくしりませんが」

と、松田がいい、木村は、

「うちでは東日本大震災についても、復興の援助をさせていただいてますから、そういう人々のひとりかもしれませんが、名前には記憶がありません」

と、いった。

「確か新アジア倶楽部では、金華山沖に沈んだ豪華客船『グズマン二世号』の引き揚げに、援助されているときいています。どうして、ホテルとして使われていた客船の引き揚げに、資金を出されたんですか」

十津川がきくと、松田会長は微笑して、

「別にその事業だけに、資金援助しているわけではありませんよ。東日本大震災の復興について、さまざまな援助をさせていただいております。今回の客船の件は、その復興のひとつとして、意義があると考えまして資金を出させていただきました。それだけのことですよ」

と、いった。

「その引き揚げられた『グズマン二世号』という船のなかから、二億円相当の、プラチナが発見されました。これについては、どうお考えですか？」

「いや、別に何も考えておりませんよ。その、二億円相当のプラチナの件については、しっていますが、うちとは関係ありません。ですから、もし持ち主がわかれば、すぐお返しすればいいし、持ち主不明なら処分して、東北地方の復興に使ったらいいんじゃありませんか。新アジア倶楽部としては、現地の方々には、そのように申しあげているんですが」

と、いった。

そんな話をしながら、十津川は、ぐるりと部屋のなかを見回した。大きな写真が何枚も飾ってあった。東南アジアに資金援助をして、学校を作った時の写真、そして今回の豪華客船「グズマン二世号」を引き揚げた時の写真も、壁に飾ってあった。無償の援助をしているといっても、まったくの無償というわけでもないらしい。少なくとも、その事業の写真を撮って、ポスターにして貼ってあるのだから。

「この写真は松田さんが撮ったのですか？」

と、十津川が、きいた。

「いや、これは私たちが撮ったものじゃありません。現地の方が撮って下さって、それを引き伸ばして、送って下さったんですよ。ちょっと恥ずかしいですが、その厚意に甘えて、こうやって壁に貼りました。何回も申しあげますが、我々はこうした資金援助に関しましては、報酬は何も望んでおりません。一円の利益も、ほしいとは思いません。なぜならこれは、無償の援助ですから」

と、松田がいった。

（やたらにそのことを強調するのは、なぜだろうか）

と、十津川は頭のなかで考えていた。

（それに、忙しいので現地から戻れないといっていたのに、なぜ、二人が、東京に帰っているのだろうか？）

第五章

モンゴル

1

電話をしてきたのは、部下の日下《くさか》刑事だった。

「すぐに、こちらに戻ってきていただけませんか？」

と、日下が、いった。

「何かあったのか？」

と、十津川が、きいた。

「捜査本部に、警部宛ての手紙が届いています」

「手紙か。それなら、今、そこで読んでくれないか？」

「それはできません」

「どうしてだ？」

「宛て名が、警視庁捜査一課　十津川警部様親展と、なっていますから」

と、日下が、いう。

「誰からの手紙だ？　差出人は、誰になっている？」

「差出人の住所は、書いてありませんが、名前は小西大介となっています」

「小西大介？　間違いないか？」

「はい。そうです。小西大介で間違いありません」

「わかった。すぐ戻る」

と、十津川が、いった。

現在、十津川が、もっとも話をききたいと思っていたのが、日下が口にした小西大介だった。

小西大介の遺体は、松島海岸近くの高台にある林のなかで発見された。おそらく、小西大介は、女川にいこうとして、東京からやってきたに違いない。

それが、目的地の、女川に着く前に、松島海岸の近くで、何者かに殺されてしまったのである。

十津川としては、小西大介が、いったい何のために、ひとりで女川にいこうとしていたのか、その理由をしりたかったのだが、殺されてしまった。死者は、もう何も喋ることができない。

そう考えて、悔しがっていたのだが、死者からの手紙が、十津川宛てに、届いたというのである。

一刻も早く、警視庁に帰ることを考えたのは、当然のことだった。手紙のなかで、小西大介が、いったい何を語ってくれるのか、何よりも、それをしりたかった。

2

捜査本部に届いていた小西大介の手紙は、白い封筒で、中身は、普通の便箋である。どこの文房具屋でも、売っているような、封筒と便箋だった。

その便箋に、やや乱暴な筆跡で、サインペンで書かれた文字が、並んでいた。おそらく、かなり焦って書いたものと思われる、書きなぐったような、乱暴な筆跡である。

たぶん、小西大介は、誰かから追われながら必死の思いで、十津川宛てに、この手紙を書いたに違いない。

〈私は、これから女川にいき、例の豪華客船が、引き揚げられた時の様子を、現地の人たちから、きくことに決めました。

特に、この引き揚げを計画して成功させた、例の五人の、引き揚げ委員会の男たちのこともききたかったし、調べたいと思っていました。それも、目的のひとつの女川いきだったのです。

ところが、仙台から仙石線の快速列車に乗って石巻までいこうとした時、途中の仙石線のひとつの駅が、何者かによって爆破されたのです。乗っていた石巻行の快速列車は、その手前で、停まってしまいました。

事故の第一報をきいた瞬間、これはただの事故ではない。私を女川まで、いかせまいとする連中の攻撃だと、私は、すぐに悟りました。

爆破があってすぐ、仙石線の列車は、すべてストップしました。私が乗っていた、快速列車も同様です。

しかし、このまま快速列車に乗っていて、動き出すのを待っていたら、私は間違いなく、列車のなかで、殺されてしまうだろう。

私は、すぐに、逃げ出すことにしました。線路上に飛び降りたのです。

しかし、何者かに、追われているという気持ちは、いつまで経っても、消えることはありませんでした。このままでは、間違いなく殺されてしまう。

私は、自分が殺された場合に備えて、遺書を、書いておくことにしたのです。自分がしっていること、考えたことのすべてを書いて、警視庁捜査一課の十津川警部宛てに、送ることにしました。

十津川警部ならば、私が、殺されたあと、犯人を、必ず突き止めてくれるだろうと、思ったからです。

そのためには、すべてを、ぶちまけなければなりません。それを、書くことにしました。

十津川さんは、青梅の、清心院という精神科の病院に入院している、千石典子という患者のことは、しっていらっしゃいますよね？

しかし、彼女の祖父が、千石亜細亜《せんごくあじあ》という名前で、太平洋戦争の最中、千石ファンドという基金を、運営していて、当時の日本陸軍から、莫大な基金を任されていたということは、ご存じないのではありませんか？

昭和十六年十二月八日、アメリカとの太平洋戦争に、突入した日本は、最初のうちこそ、戦勝に酔っていましたが、途中からは、ずっと、敗戦続きでした。もともと自分の国の力が、アメリカなどに比べて、はるかに小さかった日本は、たちまち、戦力を失っていったのです。

戦争に必要な経費も、昭和十八年頃になると、日本の国家予算の、半分以上を占めるようになってしまったのです。

このままでは、軍備も経済も、たちまち、ゆきづまってしまいます。何とかして、資金を作り、軍備と経済を、立て直さなければなりません。

当時の日本陸軍は千石亜細亜が、上海《シャンハイ》に会社を作って、社長をやっていたので、千石亜細亜を日本陸軍に呼んで、必要な戦費を、どんな手段を使ってもいいから、集めるようにと、命令しました。

戦争中、簡単に、お金を儲ける方法は、二つしか、ありませんでした。

ひとつは、アヘンです。

もうひとつは、武器の売買です。当時、世界中の国々が、戦闘状態に入っていましたから、どの国でも、優秀な武器がほしかったのです。ですから、品物さえあれば、いくら高くても買うのです。

残念ながら、その頃の日本には、武器を売るような余裕は、まったくありませんでした。そこで、唯一の金儲けの方法であるアヘンの製造と、密売を考え、日本陸軍が千石商会の社長、千石亜細亜に依頼したというわけです。

アヘンの製造は、満州《まんしゅう》と蒙古《もうこ》、いわゆる満蒙《まんもう》で、製造します。それを千石の経営する会社、千石商会で、北京《ペキン》や上海、あるいは、シンガポールに持っていって、売りさばきます。

昭和十八年頃から、日本陸軍と、協力する千石とがアヘンの製造と密売を、始めたのです。

不思議なもので、戦争という、殺伐とした現実があると、人を、廃人にしてしまうアヘンという危険な麻薬が、平和な時以上に、よく売れるのです。たぶん、現実逃避のためでしょう。

その販売を引き受けた、千石商会は、最盛期には満州の新京《しんきょう》、奉天《ほうてん》、旅順《りょじゅん》、そして、中国の日本陸軍の占領地点だった北京、上海、さらには、東南アジアのシンガポール、ビルマのラングーンなどにも支店を設け、日本陸軍が集めてきたアヘンを、そこで、どんどん売りさばいていたのです。

当時、アヘンは、いくらくらいで、販売されていたと思いますか？

その頃、重さは、匁《もんめ》という単位で量《はか》っていましたから、グラムに直すと三・七五グラムで、今の値段にすると、およそ十三万円だったといわれます。それを作るのに必要な経費は、その八分の一くらいでしたから、原価は、わずか、二万円足らずです。これは、大変な儲けです。

その上、自分たちの背後には、強大な日本陸軍が、ついているのですから、千石商会としては、安心して、アジアの各地で、アヘンを売ることができました。

当時、日本軍が、千石商会を通して売っていたアヘンの量は、四百トン近かったのではないかといわれていますから、その儲けは、莫大なものになりました。

その莫大な資金で、日本陸軍は、戦闘に必要な物資、例えば、石炭や石油、鉄鉱石、アルミニウムなどの資源を、買いこむ一方、アヘンの儲けの一部は、総理大臣や、陸海軍の大臣が、いつでも、自由に使える機密費に回されました。当時、東條英機《とうじようひでき》首相は、陸軍大臣も兼ねていて、アヘンの儲けの何パーセントかが、東條首相の機密費になっていたことは、公然の秘密でした。

日本の敗戦を予想した、千石商会の社長、千石亜細亜は戦後のことを考えて、アヘンで儲けた金の七割は、日本陸軍に献金して、残りの三割を、密かに中立国の銀行に、預けていたらしいのです。

ところが、戦後、千石亜細亜は、メディアにも政府にも、アメリカの進駐軍にも、自分が貯めた、千石ファンドについて、ひと言も話さないままに、亡くなってしまいました。

そのため、巷では、千石ファンドには、十兆円とも、百兆円ともいわれる資金が、眠っているといわれながら、その存在は不明のままでした。

ところが、今から十年ほど前頃から、千石ファンドの存在というのは、ただの噂ではなくて、現在の貨幣価値にすると、十兆円から百兆円ぐらいの金額が、中立国のどこかの銀行に、預けられていたらしいことがわかってきました。

問題は、その資金が、いったい誰の名前で、どこの銀行に預けられているのかということです。

すでに亡くなってしまった、千石亜細亜の息子と娘は、警察やメディアにきかれても、自分は何もわからない、まったくしらないことだと、いい続けてきました。たしかに、亡くなった千石亜細亜は、自分の息子や娘にも、千石ファンドのことは、おそらく、何の遺言も、しなかったのではないかと、思われます。

問題は、孫の、千石典子でした。

千石亜細亜が亡くなったのは、昭和二十五年。その時には、まだアメリカ軍が駐留していて、もし、千石亜細亜が千石ファンドについて話をすれば、たちまち、その莫大な千石ファンドは、アメリカ軍に接収されてしまったに違いありません。だからこそ、千石亜細亜は、千石ファンドについて、息子や娘には、話さないまま亡くなったに違いありません。

最近になって、千石ファンドの存在が、わかってきたのですが、そうなると、莫大な千石ファンドの持ち主は、誰なのかということになりました。

千石亜細亜の孫である千石典子に、千石ファンドの所有権があることがわかってきました。

そこで、今度は、警察やメディアが、千石典子探しに、全力を尽くすようになったのですが、肝心の千石典子は、現在、精神を病んで、清心院に入院してしまっています。

私は、千石ファンドのことが、しりたくて、毎週月曜日に、清心院に、千石典子の見舞いにいっていました。病室で二人だけになると、千石ファンドについて質問したのですが、彼女は、それについてまったく答えては、くれませんでした。祖父のこともです。

それだけではなくて、彼女は言葉を忘れてしまったかのように、何も話さないのです。

次は、船の引き揚げに資金を、提供した五人のことです。

五人の行為は、表面的には、いかにも社会奉仕のように見えますが、決してそうではないと、私は考えています。

戦争中、千石商会には千人もの社員がいて、五人の重役が、社長の千石亜細亜を補佐していました。その五人の重役は終戦の時、ひとりひとりが、千石社長からかなりの量のアヘンをもらって、それを売りさばいて現金に変え、日本に戻ってくると、それを資金にして事業を始めて、儲け、財を成しました。

現在の『グズマン二世号』の引き揚げをおこなった五人の男たちは、その五人の子孫に当たります。

しかし、あの五人は、祖父から戦争中のアヘンのこと、アヘンで、ボロ儲けをしたことをきいているはずです。

その五人が、資金を出して『グズマン二世号』の引き揚げをしたことを考えると、彼らが純粋な意味の社会奉仕で、そんなことをやったとは、私には、とても思えないのです。

彼らの狙いが、莫大な千石ファンドにあることは、まず、間違いありません。千石ファンドと、金華山沖の海底に沈んでいた『グズマン二世号』との間に、どんな関係があるのかは、私にも、わかりません。

しかし、あの五人は、関係があるとにらんだのでしょう。ですから、莫大な資金を出して、わざわざ『グズマン二世号』を引き揚げたのです。

その後『グズマン二世号』には、二億円相当のプラチナが、積まれていたことがわかりました。そのことと、千石ファンドが、どう関係しているのか、私は、いろいろと調べているのですが、まだ、真相にたどりついてはいません。

しかし、あの五人は、間違いなく、千石ファンドに近づこうとしているのです。うまくいけば、十兆円、あるいは、百兆円ともいわれる千石ファンドを手に入れることができるのです。

それに比べたら、二億円は、はした金です。五人組が、いらないというのも当然でしょう。

私が密かに調べた限りでは、莫大な千石ファンドは現在、中立国だったどこかの銀行に、預けられているはずです。

しかし、どうやったら、莫大な預金を、おろすことができるのか、それは、私にもわかりません。

例えば、正当な後継者である千石典子が、正常な精神に戻って、彼女がサインをしたら、その千石ファンドを引き出すことができるのか、それとも、特定の暗証番号がわからないと手に入らないのか。

おそらく、彼女が、正常な精神に戻ったら、祖父の千石亜細亜の言葉を思い出し、千石ファンドを引き出すことができるのかもしれませんが、それも、まだわかっていません。

繰り返しますが、五人組が、狙っているのは、莫大な千石ファンドにあることは、間違いありません。

また、沈んだ『グズマン二世号』の船室のなかにあった二億円相当のプラチナは、推測するに、おそらく千石ファンドを手に入れるための鍵になるのでは、ないでしょうか？　あの五人の男たちは、そう思っているに、違いありません。

千石典子が、一刻も早く、正常な精神に戻ってほしい。たぶん、その時には、彼女は、自分が千石亜細亜の孫であることを思い出し、莫大な千石ファンドの正当な所有者であることもわかり、その時には、千石ファンドも、日の目を見るに違いありません。

私も、ここにきて、今まで手の届かなかった千石ファンドのことが、少し身近になったような気がしているのです。

しかし、それだけ、自分が危険な領域に入ってしまったこともしっています。もし、私が殺されたら、それは、私が、ここまで書いた千石ファンド、あるいは例の五人と、関係があるのだと考えてください〉

3

ここで、便箋に書かれた小西大介の手紙は、終わっていた。

改めて、封筒の表に押してあった消印を見ると、塩釜市内の郵便局のものだった。

十津川は、地図を持ち出してきて、松島周辺に目をやった。

地図には、仙台と、石巻を結ぶ仙石線の路線も、はっきりと、描かれていた。

おそらく、小西大介は、仙台から仙石線の快速列車に、乗っていたに違いない。

午前八時一九分に仙台を出発する、快速列車である。時刻表によれば、一時間後の午前九時二〇分には、石巻に着いていたはずである。そこからは、車を使って、女川にいこうとしていたに違いない。

しかし、この列車は、陸前赤井駅に着く寸前、駅舎が爆破された。

小西大介が乗っていた快速列車は、その近くまできていたが、そこで停まってしまった。

小西大介の手紙によれば、その時に身の危険を感じて、乗っていた石巻行の快速列車から、飛び降りて逃げ出したのだという。石巻に向かう代わりに、彼は、身の安全を考えて、引き返したのだろう。

手紙によれば、小西大介は、つねに、誰かに追われているような気がして、不安で仕方がなかったという。自分のことを狙っている人間に、殺されてしまうかもしれないとも考えていた。

そこで、万が一の事態に備えて、すべてを書いた手紙を、警視庁捜査一課の十津川に、送ることにしたという。

そして、この手紙を書いたのも、おそらく、塩釜市内のレストランか、カフェだろう。その近くで買った封筒と便箋、サインペンを使って、十津川宛ての手紙を書き、切手を貼って、投函を依頼したのだ。

だが、その後、小西大介は、恐れていたとおり、松島海岸近くの高台にある林のなかで、何者かによって殺され、遺棄されてしまった。

十津川はすぐ、青梅警察署に電話をかけ、清心院に入院している、千石典子という患者の身が危険なので、刑事を送って、その身辺を、警護してくれるように頼んだ。

このあと十津川は、三上本部長に頼んで、捜査会議を開いてもらい、そこで三上に、小西大介からの手紙を、読んでもらうことにした。

三上は、手紙を読み終わると、十津川に向かって、

「たしかに、話としては面白い。だが、そう簡単に信じることはできないよ。何しろ、M資金だとか、児玉《こだま》資金とか、戦争中に作られた、いわゆる闇資金の話は、今でもいろいろと出ているが、そのほとんどは単なる噂にしかすぎない。この小西大介の手紙にある千石ファンドというのか、千石基金というのかわからないが、本当に、実在するのかね?」

「その点は、私にもわかりませんが、この手紙を書いた小西大介は、先日、何者かによって、松島海岸近くの高台にある林のなかで、殺されてしまっています。それに、金華山沖の海底に、沈没していた『グズマン二世号』の引き揚げに、資金を提供した五人のことも、小西がいうように、単なる社会奉仕で引き揚げたとは、どうしても思えません」

と、十津川が、いった。

「たしかに、現実に、殺人事件が起きているのだから、県警との合同捜査は必要だと思う。その前に、この小西大介という男の手紙に、書かれてあることが、事実かどうか、それを調べる必要があるね」

と、三上が、いった。

4

十津川としては、今すぐにでも、今回の殺人事件と、小西大介の手紙についての捜査を始めたかったのだが、小西大介の手紙の真偽を調べてからにしろという、三上本部長からの指示があったので、そういうわけにも、いかなくなった。

十津川は、部下の刑事たちを、励まして「グズマン二世号」引き揚げのための資金を出した五人のこと、藤井観光のこと、もちろん、引き揚げられた「グズマン二世号」の客室から女性の遺体とともに、二億円相当のプラチナが発見されたことについて、調べることにした。その間、殺人事件の捜査のほうは、自然に宮城県警に任せることになる。

今回の話の出発は、今から七十年も前の、太平洋戦争の時代である。日本陸軍が、満蒙で、軍の資金を集めるためにアヘンを製造し、千石商会の社長、千石亜細亜に売らせて莫大な資金を手に入れ、それを、戦争に役立てていた。

これは、小西大介が、手紙に書いていたことなのだが、何しろ、戦争中のことである。現在、捜査を担当している刑事たちは、いちばん年長の、亀井刑事でも戦後の生まれである。

そこで、戦争中の話、特にアヘンの問題について、十津川は、日中戦争、なかでも、その戦争の裏話について研究している、専門家の大学教授に話をきいてみることにした。

大田黒《おおたぐろ》という、太平洋戦争の研究をしている教授である。世田谷の自宅で、会った。

「昭和十二年に始まった日中戦争が、思いのほか、長引きましてね。そのうちに、太平洋戦争も始まって、戦費が不足してきて、軍部は、困ってしまったのです。何とかして、戦費を作らなければならず、何かうまい手はないかと考えた。そこで、日本陸軍が目をつけたのが、アヘンだったのです。何しろ、アヘンほど儲かるものは、ほかにはありませんからね。日本陸軍は、自分たちの力が及ぶ満蒙でアヘンを製造し、それを、民間会社の千石商会に渡して、北京、南京《ナンキン》、上海、あるいは、東南アジアで売ることにしたのです」

　と、大田黒が、いった。

「アヘンというのは、そんなに売れるものなのですか？」

　と、十津川が、きいた。

「ええ、アヘンは、戦争がなくても戦争中でも変わらずに、よく、売れるんですよ。しかも、アヘンというのは、原価は二十パーセントで作って、あとの八十パーセントは、儲けで売りさばくことができます。そうすると、原料費の四倍以上の儲けで売れるんです。そのことに味をしめて、日本陸軍は、ますますアヘンに、手を出していきました。おそらく、とんでもない、莫大な利益をあげたと思いますよ。しかし、そのうちに、日本は敗北してしまいました。戦争中、日本陸軍は、アヘンの製造と密売で、莫大な利益を得て、それで戦費を賄っていたのですが、昭和二十年の八月十五日に、日本の降伏で、戦争は終わりました。その時、千石商会の社長だった千石亜細亜は、手元に残った莫大な量のアヘンを売りさばいて、おそらく、終戦の時には、莫大な資金を持っていたに違いないんですよ」

「それが、いわゆる千石ファンドですか？」

「そうです」

「大田黒先生は、千石社長は、その資金を、いったいどうしたと、思われますか？」

と、十津川が、きいた。

「おそらく当時の、中立国の銀行に、預けたのではないかと思いますね」

と、大田黒が、いった。

「その噂は、私もきいていますが、証拠はありませんね」

「たしかに、戦後になると、さまざまな噂が流れてきました。ほかにも莫大なM資金とか、児玉資金とか、それらの噂は、単なる噂だったものもあれば、本当だったものもあります。今、噂になっている千石ファンドが、本当かどうかは、私にもわかりません。もし、千石ファンドの話が事実とすると、その金額は、一千億円や二千億円といった額ではありません。何兆円、何十兆円という莫大な金額が、中立国の、どこかの銀行に預けられているのです。おそらく、その幻の資金、それを狙って、さまざまな、人間が現れたり、消えたりしていたんだと思いますね。金華山沖でおこなわれた『グズマン二世号』の引き揚げの資金を出した五人の男たちというのも、十津川さんがいうように、どう考えても、怪しい人間たちだと思いますね」

「どんなふうに怪しいですか？」

十津川がきくと、大田黒は、笑いながら、

「ただ単に、社会のために貢献したいという思いだけで、莫大な引き揚げの資金を出したりするような人間は、おそらく、ひとりもいないでしょう」

「ところで、発見された二億円相当のプラチナですが、このプラチナについては、どんなことが、考えられますか？」

と、十津川が、きいた。

「そうですね、警部さんは、それが、莫大な千石ファンドと関係があると、睨んでいるんでしょう？」

「そのとおりです。ですから、どんな意味があるのかを、しりたいんですよ」

「そうですね、戦争中に、アヘンで莫大な儲けを手に入れた日本陸軍、それをさばいた千石商会の千石亜細亜社長ですが、自分たちが作ったものだから、いろいろとしっているわけです。当然、それを手に入れたいと考えているはずです。二億円相当のプラチナが、千石ファンドの一部の資金を、洗浄したのではないかと思うのです」

「なるほど、資金の洗浄ですか。たしかに、可能性としては、大いに考えられますね」

「取り引きに使おうとしたのかもしれませんね」

「取り引き？」

「ええ。東日本大震災の直前、ホテルとして利用されていた『グズマン二世号』で、何かの取り引きがおこなわれようとしていたのではないか。ところが、東日本大震災で『グズマン二世号』は、海底に沈んでしまいました。二億円相当のプラチナは、今も申しあげたように、何かの取り引きに使おうと思って用意されていた。しかし、大震災でそれができなくなってしまいました。例の五人も、それに関係している。その二億円相当のプラチナの先に、何兆円、いや、何十兆円という莫大な資金が、眠っている。それが、なにくわぬ顔で千石ファンドを探し、また、千石社長の孫娘を、必死になって見つけ出したいと、狙っているのではないかと思いますね。十津川さんのように、警視庁の刑事なら、警察手帳を見せて、強引に調べることもできますが、一般人には、それが、できませんからね」

「だから、相手を殺してしまう?」

「さもなければ、大金を積んで、口を開かせるかでしょうね」

「たとえば、二億円相当のプラチナですか?」

「そんなふうにも考えられますね」

大田黒教授が、笑った。

十津川は、その笑いが気になって、

「先生は、戦時中の日本陸軍と、アヘンとの関係を調べて、雑誌などに書かれていますが、戦後七十年がたった今の状況も、把握されているんですか?」

と、きいてみた。

「私は、あくまで、学術的に研究しているだけなので、実際の取り引きだとか、アヘンをめぐっての陸軍とか政治家との生臭い取り引きの実態などは、まったく、わかりませんよ」

と、大田黒はいう。

「しかし、二十年近く前の雑誌に、千石亜細亜さんの息子さんと、対談されていますね。息子さんの名前は、確か、太平洋《たいへいよう》、いかにも、戦争中に生まれた、男の子という名前ですが、この対談のあと、間もなく、彼は亡くなっていますね？」

「そうです。対談をお願いした時も、あとできいたところ、かなり体が弱っていたそうで、申しわけないと思っているのです。また、私としては、お父さんの千石亜細亜さんが、陸軍とアヘンについて、どんな取り引きをしていたのか、一グラムいくらで売っていたのか、詳しいことをききたかったのですが、どうも亡くなった父親の亜細亜さんから、アヘンのことは、ほとんど何もきかされていなかったといっています。千石亜細亜さんは、日本の敗北を予見して、息子さんには、アヘンのことは話さなかったようです」

と、大田黒は、いう。

確かに、この時の対談で、千石太平洋は、アヘンについては、ほとんど喋っていない。

（しかし――）

と、十津川は、思った。

その雑誌のあとがきで「このあと、両氏は戦争と平和と、日本について、忌憚のない話し合いをした」と、書いてあったはずである。

十津川は、最後に、そのことをきいてみた。

「対談を終えてから、どんな話をしたのか、教えてもらえませんか？」

「別に、たいした話はしてませんよ。ああ、ちょうど、娘さんがいて、その話をしましたね。確か、まだ小学校の三年生でしたかね」

と、いう。

「その娘さんの名前は、典子さんというんじゃないですか？」

「ああ。そんな名前でしたね」

と、いったが、今、どこにいるか、きこうとはしなかった。

「いろいろと、話していただいたり、貴重な資料を見せていただき、参考になりました」

と、いって、十津川は、腰をあげたが、その時、部屋の隅の写真が、気になった。

三人の男が、写っている。

日本ではない。外国の風景である。

テント造りの家が、バックに写っているから、モンゴルか。

三人の男のひとりは、大田黒である。しかし、十津川が気になったのは、ほかの二人の男のほうだった。

モンゴル人の民族衣装姿だが、どう見ても、あの五人組のなかの二人である。

「これ、モンゴルですね？」

と、十津川が、きいた。

「ああ、そうです。仕事の関係があるので、一年に一回くらいは、いっていますよ」

と、大田黒は、いう。

「モンゴルの何を調べていらっしゃるんですか？」

「主として、モンゴルの歴史です」

「戦争中の、日本とモンゴルとの関係もですか？」

「そうです。刑事さんもそれで、私を選んでアヘンのことを、ききにこられたんでしょう？」

と、大田黒は、笑っている。

「いや、私は先生に、戦争中の日本陸軍が、アヘンで戦費を賄っている話をききたいと思ってきたんですが、最近もよくモンゴルにいかれていたんですね？」

「最近は、日本とモンゴルの関係が、相撲などを通じて親密になっているので、私も、モンゴルを、再認識する気になって、毎年、訪れているんですが、アヘンとは関係ありませんよ」

と、いう。

（では、一緒に写っている日本人二人とは、どういう関係ですか？）

と、質問してみたかったが、十津川は、わざと、別のきき方をした。

「向こうでは、日本人にも、会いましたか？」

と、いうきき方をした。

「そうですねえ。いく度に、日本人に会いますねえ」

「今年も、いかれるんですか？」

「いって、みたいですね」

「その時、私も、同行していいですか？」

十津川は、わざと、そんな質問をしてみた。

一瞬、大田黒は「え？」という表情を作ったが、すぐ、笑顔になって、

「申しわけないが、私は、仕事というか、勉強のために、モンゴルへいくのであって、どうしても、ひとりで、自由にモンゴルのなかを見て回りたいので――」

やわらかく、拒否した。

「この写真は、いつ撮ったんですか？」

と、十津川が、きいた。

「確か、五年前の一月です。粉雪が舞っていましたね」

と、いったが、一緒に写っている二人の男について触れようとしない。

十津川も、意地になって、二人の男のことは、質問しないことにした。

「五年前ですか？」

「そうです。五年前の一月です」

「確か、五年前というと、東日本大震災が起きた年ですね」

「そうでしたかね。ああ、そうです。五年前の三月十一日に、東日本大震災がありましたね」

と、大田黒は、少しだけ、あわてた口調になった。

「先生は、確か、東北のお生まれじゃなかったですか？」

「仙台の生まれですが、東日本大震災の時には、京都《きようと》にいっていたので、助かりました」

「今は、東京に、お住まいですね？」

「勤めている大学が、東京ですから。仙台には、遠い親戚が住んでいます」

「女川にいかれたことがありますか？」

「いや。松島海岸には、何回かいっていますが、石巻のほうには、いったことはありません」

「女川で、ホテルになっていた客船が、津波で沈んだが、最近、ようやく、引き揚げられ、その客室のなかで、二億円相当のプラチナが見つかって、ちょっとした騒ぎになっているんですが、ご存じですか？」

「ああ、それなら、新聞で読みましたよ。いっこうに、持ち主が現れないそうで、世の中には、欲のない人がいるんだなと、思いましたね」

と、いった。

「あの写真ですが、モンゴルのどのあたりにいかれたんですか？」

「普通は、ウランバートルとか、ダルハン、エルデネトといった都会に、いくんですが、私は、そんな都市よりも、高原の景色が好きなので、モンゴルの東部のモンゴル高原を旅行して回りましたよ。だから、もっぱら車での旅行でした。あの国は、鉄道が発達していませんから」

と、いう。

大田黒も、なぜか、写真に写っている二人の日本人について、話そうとしなかった。

内心（意地になっているな）と思いながら、十津川は、大田黒に礼をいい、引きあげることにした。

　捜査本部に戻ると、十津川は、刑事たちに、大田黒について調べることを指示した。

「特に、例の五人との関係を調べてほしい」

　と、十津川はいい、大田黒と話したことを、刑事たちに説明した。

「最後まで大田黒は、写真に写っている二人の日本人について、ひと言も話さないんだ。その写真について、きいたり答えたりしているのにだ。大田黒と一緒に写っている二人の日本人は、間違いなく、例の五人のなかの二人だよ」

「その二人が、大田黒と、モンゴルに旅行しているというのは、気になりますね。モンゴルといえば、戦争中の満蒙の蒙古のほうでしょう」

「場所としては、だいたい同じだ。大田黒は、モンゴルの歴史の研究に一年に一回いくのだといっているが、別の目的で、例の五人と一緒にいっているのかもしれないからね」

　と、十津川は、いった。

第六章

最後の戦い

1

十津川は、想像力を広げていった。

平成二十三年三月十一日金曜日、東日本大震災が起きた。大地震のあとに、巨大な津波が襲った。

そのため、岩手《いわて》や宮城の海岸は、大打撃を受けた。その前日の三月十日、女川の海岸に浮かぶホテルとして「グズマン二世」が存在していたが、そのホテルに、二億円相当のプラチナが、トランクに入って部屋に置かれていた。

部屋には、ホテルを経営している藤井観光の女性課長、柏原恵美三十一歳がいた。この時に、泊まっていた宿泊客、ホテルの従業員たちは、全員「グズマン二世号」と共に行方不明になってしまった。

五年後の今年の六月二日。金華山の沖合いで、海底に沈んでいる「グズマン二世号」が発見された。引き揚げには、かなりの資金が必要で「グズマン二世号」の持ち主の藤井観光も、二の足を踏んでいたのだが、突然、五人の男たちで作られた、引き揚げ委員会が名乗り出て、資金を提供するといい、浮かぶホテル「グズマン二世」の引き揚げが、始まった。

引き揚げられた「グズマン二世号」の船内が調べられたが、ひとりを除いて、ほかの泊まり客と従業員の姿はなかった。巨大な津波によって、さらに沖合いに流されてしまったのかもしれない。ただ、内側から鍵がかかっていた客室のひとつに、藤井観光課長、柏原恵美の遺体と、トランクが発見され、トランクのなかから、二億円相当と思われるプラチナが発見されたのである。

藤井観光では、若い社員の若宮康介が、引き揚げられた「グズマン二世号」について、社長に報告することになっていた。

一方、青梅にある清心院という精神科病院に、五年前から、ひとりの女性が入院していた。

名前は千石典子。名前しかわからないが、五年前に、上野公園で倒れているところを発見され、精神を病み、記憶を失った患者として、清心院に運ばれてきたのである。身元不明の千石典子には、小西大介という男性が、毎週月曜日に見舞いにきていた。この小西大介という男も、千石典子という患者も、経歴のはっきりしない男女だった。

千石典子が、上野公園で倒れているところを発見され、清心院に運ばれたのは、五年前の四月一日だった。東日本大震災の直後である。

仙台と、引き揚げられた「グズマン二世号」が置かれた女川とは、最近、仙石線が全線開通したので、石巻を経由して、これを利用する者が多かった。発見された二億円相当のプラチナを、仙台警察署に運ぶために仙石線が利用されたが、その途中の、陸前赤井駅が爆破された。死者も出ず、二億円相当のプラチナは、無事、仙台警察署に運ばれた。不可解な爆破事件だった。

一方、清心院に入院している千石典子は、七月二日の夜、何者かに背中を刺されるという殺人未遂事件があり、要請を受けて、十津川たちがこの事件を調べることになった。その結果、千石典子は清心院に入院する前、青山のモデルクラブＮＮＮでモデルをやっていたことが判明した。ホテルや、電化製品などのコマーシャルにも出ていて、沈没したホテル「グズマン二世」にも、時々泊まっていたことが判明した。

そんな時、千石典子の見舞いに通っていた小西大介が、宮城県の松島海岸近くの高台にある林のなかで殺されるという事件が起きた。小西大介は、殺される前、十津川に手紙を書いていた。その手紙によって、十津川は、一連の事件が、日中戦争から太平洋戦争にかけて、日本陸軍が戦費の不足を補うため、満州から蒙古（いわゆる満蒙）にかけてアヘンを押収したり製造したりして、それを民間の千石商会を使って上海や北京、あるいは東南アジアで売りさばいていたことと関係していることをしった。その千石商会の社長が、清心院に入院している千石典子の祖父ということもしった。

十津川が、戦争中のアヘンの売買に詳しい大学教授にきくと、終戦の時に千石商会がおさえていたアヘンの量は、今の価格で十兆円とも百兆円ともいわれているという。さらに、金華山沖に沈んでいた浮かぶホテル「グズマン二世」の引き揚げを、無償でやっている引き揚げ委員会の五人の男たちは戦争中、千石商会の重役だった五人の子孫だということも、わかってきた。

2

十津川は、東京の捜査本部で開かれた捜査会議で、三上本部長の質問に答えて、そうした事件の経緯を説明した。

「問題は、これからどう動くか、ということです」

と、十津川は、三上本部長にいった。

「沈んでいたホテル『グズマン二世』の客室から発見された、二億円相当のプラチナですが、たぶん、十兆円とも百兆円ともいわれる千石ファンドの情報を買うために、何者かが、プラチナをホテル『グズマン二世』に用意しておいたのではないかと思うのです。『グズマン二世』というホテルのなかで、何者かが、二億円相当のプラチナを使い千石ファンドの情報を、手に入れようとしていた。ところが取り引きの直前、東日本大震災が起こり、浮かぶホテルは沈んでしまった。そういうことだと思うのです」

十津川が、小西大介の手紙を三上本部長に渡し、三上は、それをディスプレーに映し出して、

「日本陸軍が戦争中、民間人と協力して、戦費の不足分を、アヘンの製造密売で補ったという話はよくきくんだが、この話は、事実なのかね?」

と、十津川に、きく。

「私が調べた限りでは、事実の部分もあり、大げさに伝えられている部分も、あるような気がします」

「ところで、手紙の主の小西大介という男だが、どうして、戦争中のアヘンの密売について詳しいのかね? それについて、調べたことはあるのか?」

「これから、調べようと思っていますが、いろいろ、推理は可能です。日本陸軍が

アヘンを手に入れ、それを、上海にある千石商会を使って密売していたことは、確かだと思います。当時、千石商会にいた社員の人数は、千人ともいわれています。小西大介の祖父は、千人のなかのひとりだった感じがするのです。敗戦で、千石商会は解散したんですが、小西の祖父は、戦後、千石商会について調べていた。小西の父親も、孫にあたる小西大介も、この会社の戦後を、調べ続けていたのではないか。これはあくまでも私の想像ですが……」

「それで、千石ファンドの額は、現在の金額で、十兆円とも百兆円ともいわれているというが、この数字は、確かなのかね？」

と、三上がきいた。

「その点については、わかりません。千石商会にかかわった人たちはたくさんいるわけで、日本陸軍の将官クラスから民間人の社員まで、その人たちのいうことをきいていると、数字は曖昧で、多くをいう人は、今部長がいわれたように、百兆円ともいうし、少ない人でも、十兆円は下らないといっていますから、相当の金額であることだけは間違いないと思うんです」

「しかし、多量のアヘンをそのまま、今でもアヘンで持っているわけじゃないだろう？」

三上がきき、十津川が微笑した。

「それはないと、思います。たぶん、終戦のどさくさに紛れて、何かに変えて、どこかに隠されている。今問題になっているプラチナに変えたか、ゴールドに変えたか。その二つなら、長く持っていても傷みませんし。問題はそれを、どこに、誰が隠し持っているかだと思うんです」

「つまり、今でいえば、千石ファンドか。それを今、誰が持っているのか。それについては、まったくわからないのか？」

三上が、きいた。

「はっきりしていません。いわゆる千石ファンドに、五年前の、浮かぶホテル『グズマン二世』の沈没と、引き揚げられてから客室のひとつにあったという、二億円相当のプラチナが絡んでいたことは、間違いないと思います。誰かがそのプラチナで、千石ファンドの情報を、買おうとしていた。その年に、東日本大震災が起きていなければ、このホテルのなかで、取り引きがあったに違いないと、にらんでいます」

「沈没した『グズマン二世号』の引き揚げに資金を出した五人だが、彼等も、戦争中の千石商会に、関係していることは、間違いないのか？」

「これは、大田黒先生に、確認してもらいました。当時の千石商会の重役五人が、資金を出した五人のそれぞれの祖父であることは、間違いありません」

と、十津川はいい、五人の名前を書いたメモを、三上本部長に渡した。その名前も、ディスプレーに映し出された。

会長　松田英太郎　（七十歳）
理事　木村健吾　（六十五歳）
　　　村越新太郎　（六十四歳）
　　　塚本真之介　（六十歳）
　　　山下勝之　（六十歳）

「この五人は今、何をしているんだ？」

「『新アジア倶楽部』というのを作って、多量の株を持っていて、その利益で、さまざまな事業に金を出して、一見、社会奉仕グループのような顔をしていますが、今回『グズマン二世号』の引き揚げに参加したことから、明らかに、戦争中のアヘンの密売、そして千石ファンドが今どこにあるのかをしろうとして、必死になっているに違いありません。二億円相当のプラチナについて、まったく気にしていないのは、その向こうにある、千石ファンドの金額が、莫大だからだと思っています」

「もうひとり、関係者がいたね。千石典子だ。彼女は戦争中、千石商会をやっていた男の孫であることは間違いないのか?」

と、三上が、きいた。

「まず、間違いないと思います。祖父の名前は、千石亜細亜ですが、ただ二人の間にいる父親がはっきりしません」

「どういうことだ?」

「千石商会の社長だった千石亜細亜は、戦争が終わったあと、千石商会を解散し、密かに特別なルートを使って、日本に帰ってきています。しかし、戦争中にアヘンの密売をして、利益を得ていたわけですから、戦犯の指定を受けています。そこで、千石亜細亜は、姿を消してしまうのです。そのことが、その子供、つまり千石典子の父親のことをわからなくしている、原因のひとつだと思います」

「今、君は、千石典子の祖父のことは、よくわかっているが、父親のことがわからないといっているが、どうもぴんとこないな」

「申しあげたように、戦争中にアヘンの密売をやっていた千石商会、その社長の千石亜細亜は敗戦後、密かに日本に帰ってきていますが、すぐ姿を隠しました。その時、息子がいたと思われるのです。千石典子の父親です」

「それは、間違いないのか?」

「これも、大田黒先生が、いろいろ調べた挙句に、手に入れた写真なんですが」

と、十津川は、白黒の写真、それも、傷んで黄ばんでしまった古い写真を、三上本部長に渡した。

「そこに写っているのが、千石商会の社長だった千石亜細亜です。一緒に写っている子供が、息子の、名前は太平洋。その写真の時は、五歳か六歳だったと思われます。これは、大田黒先生から、コピーしてもらったものです。どこで、手に入れたのかについては、先生も、それは秘密だとおっしゃいました。たぶん、先生に渡した人間が、絶対に、自分の名前をいわないでくれと、念を押したに違いありません。その後、千石亜細亜の息子、太平洋は、どこかで結婚し、その娘として、千石典子が生まれたに違いありません」

「その後、千石典子について、わかっていることは何かあるか？」

「青山にあるNNNクラブでモデルをやっていました。この事務所に話をきくと、千石典子は不思議なモデルで、有名でもなく、仕事があってもたかがしれていた。それなのに、なぜか、Mホテルに泊まったり、地方で仕事があると、その地方で、最高のホテルに泊まっていた。事務所が払っているギャラに比べたら、絶対に、泊まれないような高級ホテルに泊まっていたのは、彼女の後ろに、パトロンのような人がいたからだと、これはNNNクラブの社長がいっています」

「それが、彼女の父親である、千石太平洋だったのではないか、そういう話なんだな？」

「あるいは、母親かもしれません。千石典子は両親について、仲間のモデルにも、事務所の社長にも、話していません。たぶん、両親、あるいは祖父について、話をするなといわれていたのかもしれません」

「千石典子について、ほかにも、わかっていることがあれば、話してくれ」

と、三上が、いった。

「今から五年前の四月一日に、彼女は上野公園で、発見されました。精神を病んでおり、記憶も、定かではない。それで、そのまま青梅の精神科の病院、清心院に入院してしまったのですが、同じ年の、三月十一日に、東日本大震災が起きていますす」

「彼女が病んだことと東日本大震災とが、何か関係があると思っているのかね？」

「証拠はありませんが、私は関係があると思っています」

「君が考える関係というのを、話してくれ」

と、三上が、いった。

「千石ファンドという、莫大な資金があると考えます。それが、どこにあるのかしっているのは、敗戦時に日本に逃げてきた千石亜細亜と、まだ、子供だった、息子の千石太平洋の二人だったのではないか。千石亜細亜は、戦犯として追及されるのを恐れて姿を消した。その後、今まで、どこに住んでいたのか、はっきりしません。その間に、太平洋は成人し、結婚して千石典子が、生まれました。これは、あくまでも想像ですが、そういうことが考えられます。その間のことがわからないので、千石ファンドの行方もわかりません」

と、十津川はいい、続けて、

「千石亜細亜、その息子の千石太平洋、さらに孫にあたる千石典子。この系譜のなかで、千石ファンドはどこかに、隠されている。千石ファンドを探していた人間のなかに、例の五人組もいたわけです。終戦時、千石商会の重役だった五人の子孫ですね。その孫たちも祖父あるいは父親から千石ファンドのことを、きいていて、何とかして手に入れたいと思い探していた。そんな時、千石ファンドについてしっている、という人物が、現れたに違いありません。五人組は、その人物から、詳しい話をきこうとすると、相手はその代償として、二億円を要求した。取り引き場所は、浮かぶホテル『グズマン二世』のなかということになったのでしょう。五人は、二億円相当のプラチナを入れたトランクを用意し、五年前の三月十二、三日に落ち合って、プラチナと交換に千石ファンドの現在について、誰の所有になっているのかなどの情報を、きくことになっていたんだと思います。ところが、三月十一日に東日本大震災が起こり、浮かぶホテル『グズマン二世』は、海に沈んでしまい、所在も、不明になってしまいました。その二十一日後の四月一日に上野公園で倒れている千石典子が発見されたのです。千石ファンドの秘密は、戦時中に千石商会の社長だった千石亜細亜、その子の千石太平洋、そしてその娘の千石典子の三代に渡って秘密に、なっていたと思われます。どんな形で千石ファンドの秘密が孫の千石典子にまで、伝えられていたかはわかりませんが、千石典子の所在をしった人間が、彼女を拉致、監禁して、千石ファンドの在りかを、しろうとしたのではないでしょうか」

「その犯人は、誰だと思っているんだ？」

「たぶん、千石商会の最後の重役だった五人の、その子孫が、千石典子を拉致、監禁したんだと思います。しかし、千石ファンドについて喋らせようとして、痛めつけたために、彼女は精神が錯乱し、記憶が失われてしまいました。犯人は、千石典子を、解放しました。解放すれば彼女は、祖父、あるいは父親から教えられていた場所に、いくのではないか、そう考えたと思うのですが。精神を病み、記憶を失った千石典子は、ただいたずらに、上野公園をさまよっていて、その後、救急車で青梅の精神科の病院、清心院に、収容されてしまいました。その五年後の今、海底に沈んでいた『グズマン二世号』の所在がはっきりしたので、五人は、慈善事業に見せかけて、引き揚げのための費用を、持つことにしました。五年前に沈んだ時、自分たちに、千石ファンドの秘密を売ろうとしていた人間も、このホテルに入っていたのではないかと、考えたに違いありません。彼等の資金によって『グズマン二世号』は引き揚げられました。二億円相当のプラチナが入ったトランクも、そのまま発見されました。しかし、彼等が探していた人物は、その時の泊まり客の名簿には、入っていませんでした。その代わりにあったのは、船の持ち主である藤井観光の課長だった、柏原恵美の白骨化した遺体でした。現在、藤井観光社員の若宮康介が、死んだ柏原恵美の妹で、大学生の柏原美紀と一緒に、千石ファンドのことは、まったくしらずにですが、会社の命令でホテルや柏原恵美と二億円相当のプラチナのことを調べているのです。現在までにわかったことは、ここまでです」

十津川は、事件の説明を、切りあげた。

事件は検討され、最後に、三上本部長が今後の捜査方針について自分の考えを、いった。

「現在、我々の前にある事件は、清心院で起きた殺人未遂事件と、松島海岸の近くの高台にある林のなかで殺された小西大介の事件である。こちらの事件は、宮城県下で起きているので、当然担当は宮城県警になる。一方、この被害者小西大介は、東京の人間なので、警視庁と、宮城県警の合同捜査になる。それに、十津川警部のいうように単なる殺人事件ではなくて、戦争後の千石ファンドとも、東日本大震災で沈んだ『グズマン二世号』の事件にも、関係があるとわかった。現地の聞き込みなどは、宮城県警がやるので、我々は被害者小西大介と、戦後の千石ファンドについて、重点的に調べることにする。それによって、小西大介が殺された理由も、わかってくるだろう。これが、当面の捜査方針だ」

と、三上本部長が、いった。

三上の命令を受けて、十津川は、部下の刑事たちに、自分の考えを説明した。

「我々が重点を置く第一の捜査は千石典子の父親、千石太平洋と祖父、千石亜細亜のことだ。戦後、千石亜細亜は戦犯として、追及されるのを恐れて、姿を消した。そのまま、日本のどこかで生きていた。あるいは、日本のどこかで死んだ。そのことを捜査していけば、今回の、一連の事件の原点になっていると思われる千石ファンドに、辿り着くことができるだろう。そこで、君たちの意見をききたいんだが、千石亜細亜と息子の千石太平洋、この二人は戦後、どこにいたか。考えられる場所を、あげてみてくれ」

刑事たちからは、さまざまな場所の名前が出た。戦後、東京で、東京裁判がおこなわれた。ほかに、B級あるいはC級戦犯の追及もあったから、容疑者の多くは、海外に逃げている。千石亜細亜も、日本にいては危ないので、東南アジアへ、一時的に逃げていたのではないか。そういう意見が、何人かの刑事たちから出た。

千石商会がらみの意見もあった。千石商会には五人の重役と、千人の社員がいた。五人の重役のほうは、その子孫が千石ファンドを狙っているから、何かをしっていても警察に協力はしないだろう。

何かきけるとしたら、千人の社員のほうである。彼等も、中国から日本に、帰ってきたに違いない。そのあと、日本中に、散らばっていったのだろう。そのひとり、あるいは、グループなどによって、千石父子は、身を隠していたのではないか。

そのなかに、小西大介の名前が飛び出してきた。小西大介の祖父も、千石商会の社員千人のなかに、入っていたのではないか、と十津川は考えている。

日本に帰ってきて、偶然、小西大介の祖父と、千石亜細亜、太平洋の親子が出会い、その縁で、日本のどこかに、身を隠していたのではないか。だからこそ、小西大介は、青梅の清心院に入院していた千石典子のことをしっていて、毎週月曜日に見舞っていたのではないか、と刑事たちの何人かがいった。

十津川は、その意見を、取りあげることにした。

十津川たちは、もう一度、世田谷区内にある、小西大介のマンションを調べることにした。

1LDKの小さな部屋である。小西大介が死体で発見された直後、十津川は、部下の刑事たちに、このマンションを調べるように指示した。

しかし、その時には、何の収穫もなかった。だが、今から考えると、宮城県の松島海岸近くで小西大介を殺した犯人は、その時手に入れたマンションの鍵を持って東京に急行し、彼の死体が発見されるまでの間に彼の部屋を調べて、必要なものを持ち去ってしまったのではないかと、考えるようになっていた。

その憶測が当たっていたのか、刑事たちが、狭い部屋をいくら調べても、事件に関係のありそうなものは、見つからなかった。ただ、時間できている管理人にきくと、こんなことを十津川に、教えてくれた。

「小西さんは、大事なものはこの部屋には置かず、近くの銀行の貸金庫を借りて、そこに入れておいたようですよ」

小西が、大事なものをどこに保管しておけばいいかを、相談してきたので、管理人が、近くの銀行を紹介したのだという。すぐ、十津川は亀井と二人で、その銀行にいった。K銀行世田谷支店である。

支店長が、十津川の質問に、答えてくれた。

「三年前くらいですかね。小西大介様がいらっしゃって、貸金庫を借りたいというので、その前に預金をして下さいと、お願いしたんです。そうしたら、百万円を預金して下さいました。その百万円は、全然手をつけられておりませんから、たぶん、金庫を借りるためのお金だったのでしょう」

その貸金庫に、小西大介が保管していたものを、見せてくれた。

預けてあったのは、分厚いアルバム一冊だけだった。がっかりしながら、それを開いてみたのだが、十津川には、このアルバムが、宝の山のように見えてきた。

小西大介の、と思われる、祖父や父親、あるいは母親の写真に混じって、千石典子の祖父、亜細亜、あるいは父親、太平洋、そして典子の母親と思われる写真も、あったからである。

十津川は、そのアルバムを借り受け、捜査本部に戻ると、そこにあった写真をできるだけ引き伸ばして、捜査本部の壁に貼っていった。

山形《やまがた》県内の果樹園の写真だった。

〈小西果樹園〉

と、看板が出ている。そこで働いている人たちの写真だ。働いている人たちは、十五、六人いるだろう。皆、同じような格好をしているので、一見したところでは区別がつかない。

しかし、しばらく目をこらして見ていると、千石典子の父親、千石太平洋がいたり、小太りの老人である千石亜細亜の顔も、見つけることができた。明らかに千石の家族は、小西果樹園のなかに隠れて生きてきたことがわかる。

十津川は、山形県の東根《ひがしね》にある、小西果樹園に向かうことにした。同行は、亀井ひとりである。

山形新幹線が福島《ふくしま》でわかれて、山形に入っていくと、そこには、有名な温泉が並ぶ温泉地帯があり、同時に、果樹園の並ぶ果実のあふれる地帯でもある。初夏にはさくらんぼ、それからぶどうになり、梨に代わる果物が、沿線で作られている。

さくらんぼ東根駅で降り、そこからさらに北に向かって、タクシーで一時間近く走ったところに、大きな果樹園があり〈小西果樹園〉の札がかかっていた。今はぶどうの季節で、ぶどう狩りの看板が出ていた。

その果樹園の奥にあった家で、十津川は、小西大介の父親である、小西大次郎《だいじろう》と、母親の小西冴子《さえこ》に会った。

八十歳になっても、かくしゃくとした小西大次郎は、十津川の質問に、答えてくれた。

「うちは、戦後、小さな果樹園をやっていました。父の代からです。その父はもう亡くなっていますが、ある日、戦争中の知り合いだという方を、二人、連れてきましてね。名前は絶対に、人に漏らしてはいけない。千石太平洋さんと、その父親の、千石亜細亜さんだといわれました。父は、戦争中、上海でお世話になったと紹介しました。ただ、上海で、どういうことをしていた人かは教えてもらえず、この方々をうちでしばらくは匿うので、誰にも話すなと、父にいわれました。ただ、やたらにお金を持っている方で、私のところに世話になるので、そのお礼にといって、大金をいただきまして、小さな果樹園だったのが、こんな大きな果樹園を持てるようになったんです。そういった意味でいえば、恩人です」

と、いった。

「それで今、この人たちは、どうしているんですか？」

と、十津川が、きいた。

「千石亜細亜さんは、もう亡くなりました。お子さんは、十代でこちらにきたんですが、その後成長されて、結婚され、子供がひとりできました。女の子でした。その後、太平洋さんは病気で亡くなられ、父親にあたる千石亜細亜さんと同じお墓に、納めました。そのあとを追うように、太平洋さんの奥さんも、病死されて、その方と同じお墓に、納めてあります。その葬式をすませてから、娘の典子さんは、東京に出ていかれたんです」

と、大介の父親は、説明した。

十津川は、その寺にいってみることにした。千石という名前の墓を確認したかったからである。

しかしその寺に、いってみると、千石という名前の墓は、見つからなかった。大介の父親が案内したのは〈野島《のじま》家代々之墓〉という大きな石碑だった。その理由を

きくと、

「太平洋さんが結婚した奥さんのほうの姓です。なぜか、太平洋さんは、生前から自分の名前を出したくない。それで、亜細亜さんも太平洋さんも妻のほうの野島家の墓でいいといわれましてね。理由は教えてもらえませんでした」

と、小西大介の父親が、いった。その後、家に戻って、亡くなった小西大介の話をきくことにしたのだが、十津川は、宮城県警の吉川警部も、呼ぶことにした。

吉川警部は、若い刑事を連れてやってきた。

十津川に会うなり、

「呼んで下さって、ありがとうございます」

と、挨拶してから、野島家代々の墓を見て、

「これでは、わからないはずですよ。私たちは、ひたすら、千石という名前を、追いかけていましたから」

と、いった。

その夜、吉川警部を交えて、殺された小西大介について、父親から話をきいた。

3

小西大介の父親が話した。

「千石典子さんは、両親が亡くなったあと、東京に出ていきました。ずっと英語の勉強もしていたし、若い典子さんには、田舎の生活が、やはり退屈だったんでしょうね。そのあとで、私の息子が、千石典子さんがどうしているか心配だから、東京にいく。そういって、でかけました。その後、あの東日本大震災が起きたんですよ。宮城県や岩手県といった太平洋側では、大きな被害にみまわれましたが、幸い、といってはなんですが、反対側の山形は、ほとんど被害はありませんでした。そんなこともあって、この果樹園を、息子の大介に継いでもらいたくて、電話をしたのですが、しばらくは帰れない、そういわれましてね。この果樹園は、次男の久夫《ひさお》に譲ることにしました。できれば、長男の大介も帰ってきて、兄弟二人で果樹園をやってもらえればいちばんいいんですが、そう思っているうちに、大介が宮城県の松島海岸の近くで、殺されてしまったんです。あの子は、何かを、千石さんからきいていたと思うんですが、それを、私たちに教えてくれないままに、亡くなってしまいました。たぶん、私たちに話すと、危険が及ぶと考えたのかもしれませんが、その秘密が何なのかは、まったくわかりません」

と、父親が、いった。

「ほかに、千石太平洋さんは、亡くなる前に、何かいい残していきませんでしたか？」

と、十津川が、きいた。

「そうですね。すべて、娘の典子さんに任せてある。彼女がイエスといえば、そのとおりにしてもいいが、ノーといったならば、その件については、何もするな。そういって亡くなりましたね。私には何のことかよくわかりませんが、典子さんには、わかっていたと思います。その後しばらくして、東京に出ていかれましたから」

「ほかにはありませんか？　娘さんの千石典子さんが上京後、何かいっていませんでしたか？」

今度は、宮城県警の吉川警部が、きいた。

「意味がわからないことでも、構いませんか？」

と、父親は断ってから、

「太平洋さんが亡くなる時『私が死んだことで、何かいってくる人間がいるかもしれないが、絶対に、この人たちには何も教えないでくれ』といわれた、五人の名前があります。その五人の名前は、松田、木村、村越、塚本、山下です」

と、小西大介の父親が、いった。

間違いなく、例の五人だった。

「名前のほうは、いわなかったんですか？」

と、十津川がきくと、

「いわれませんでしたね。たぶん、現在この人たちも代替わりして、息子なのか、あるいは娘なのか、わからなかったからじゃありませんか。とにかく、五人の名前をいう時、太平洋さんは、この五人は自分を裏切った男たちで、絶対に信用できないと、いっていましたね」

と、大介の父親は、いうのである。

「その後、千石太平洋夫妻が亡くなって、娘さんの千石典子さんが、こちらを出ていった。そのあとでしたね？　小西大介さんが、上京したのは」

「そうです。今もいったように、千石典子さんのことが、心配だからといって、大介は、上京したんですが、その後、電話もなかったので、何をしているのか、わかりませんでした。そしたら今度は、大介が死んでしまって――」

「上京したあと、東日本大震災が、起きたんですね？」

「そうです」

「その時、東京にいる大介さんから、何か連絡はありましたか?」

と、十津川がきいた。

「無事かどうか、心配して、電話をしてきたんですが、山形は、何もなかったというと、それなら安心だ、しばらくは連絡を取れない、もし誰かが自分のことをきいてきたら、わからないとだけいってくれればいい、そういっていました。まさかそのあとで、死んでしまうなんて、思ってもいませんでした。もし、困ったことになっていたんなら、一刻も早く、山形に帰ってくるようにいったんですが」

と、大介の父親はいう。

「宮城県の女川で、浮かぶホテルとして使われていた『グズマン二世号』という船が震災で沈み、今回、引き揚げられたという話は、ご存じですか?」

と、県警の吉川警部が、きいた。

「東北の話なので、もちろん、テレビや新聞でしっています」

「この件について、誰かから、電話がかかってきませんでしたか? あるいは訪ねてきた、ということはありませんか?」

と、吉川警部が、きいた。

「息子の大介から、電話がありましたよ」

と、父親が、いった。

「『そのホテルのことで、電話してくる人間がいるかもしれないが、その時には、何もわからないと、いってくれ。私と千石典子さんのことも、何もしらないといってくれ』そう電話してきたんです」

「千石太平洋さんが、絶対になにも話しては駄目だといって、五人の名前を、いい残しましたね。この五人から、電話はなかったですか？」

と、十津川が、きいた。

「五人の名前で電話はありませんでしたが、十津川さんは、私の菩提寺にいかれましたね。その寺に、五人の男が、訪ねてきたそうですよ。この寺に、千石亜細亜や、千石太平洋とかいう人の、墓はないかと、きいたそうです。それで、ないといったそうですが、五人でしばらく調べていたようで、実際には野島の墓しかありませんから、黙って帰っていったそうです」

と、大介の父親は、いった。

その夜、十津川たちと宮城県警の吉川警部たち四人は、東根の旅館に一泊し、夕食をとりながら、今後の捜査について、話し合った。

「あれからもう一度、大田黒先生に会って、さらに、戦争とアヘンについて、話をききました」

と、十津川が、吉川警部にいった。

「千石商会が戦時中、いちばん大量にアヘンを扱っていた時は、どのくらいの量だったのかをきいてみたら、現在の金額で、五十兆円くらいということでした」

「そんなに儲かるんですか？」

「とにかく、アヘンほど、儲かるものはないそうです。それを動かすだけで、利益が増える。アヘン三十グラムが、当時の金で、天津《てんしん》で四十円、上海で八十円、シンガポールで百六十円と、倍々になったそうです。したがって、千石商会は、それぞれの街に支店を設け、その支店間でアヘンを動かすだけで、儲けが倍になっていったのです」

「それなら、千石ファンドが、百兆円あっても、不思議ではないということですね」

「だから、例の五人は、血眼で探しているんでしょう」

「殺人も平気でやるわけですね」

と、吉川が、いった。

十津川は、アルバムにある写真のなかから千石亜細亜、太平洋、そして典子の三枚を、テーブルの上に置いた。

「このなかの千石亜細亜は、東京裁判で召喚状が出ていたそうです。もし出頭していたら、たぶん、人道に対する罪で、有罪になっていたでしょう。それを、小西大介の家族が、必死になって匿ったので、千石亜細亜は、助かっています」

「そうなると、千石亜細亜が、そのお礼に、千石ファンドのことを、小西家の誰かに、話したのかもしれませんね」

「それですが、小西家が、自分の果樹園を拡大しようとした時、千石亜細亜が、資金を出しています。しかし、それ以上のことは、していません。しかし、そのまま、千石亜細亜が、何も残さずに亡くなったとは、思えないのです。自分の息子、あるいは孫の千石典子に、何か残していったと思うのです。例えば、千石ファンドは、どんな形で、どこに残してある。それを手に入れるには、どうすればいいかといったことを告げてから、亡くなったと思うのです」

「大いに、あり得る話ですね。しかし、千石典子は、現在、精神を病み、記憶を失っています」

「千石ファンドを手に入れようとした人間に、拉致されたんだと思いますね」

「その犯人は、小西大介と思いますか、それとも、例の五人と思いますか？」

「たぶん、五人のほうでしょう。小西大介なら、子供時代に、小西果樹園に一緒にいたわけですから、千石典子を痛め付けたりはしないと思います。それに、小西大介は、何者かに、殺されてしまっています」

と、十津川はいった。

「小西大介を殺したのも、五人の男たちだと思いますか？」

「断言はできませんが、その可能性は強いと、思います」

「これから、五人の男たちは、どう動くと思いますか？」

「清心院に入院している、千石ファンドが治ったら、もう一度、拉致しようとするでしょうね。今のところ、ほかに、千石典子を手に入れる方法は、なさそうですから。もちろん、清心院には、現在、刑事二人をやって、千石典子を警護するように、指示してあります」

と、十津川は、いった。

「ひとつ疑問なのは、ホテル『グズマン二世』に、積んであった二億円相当のプラチナです。考えられるのは、五人の男が、千石ファンドについての秘密を、誰かから手に入れるためのお礼だと思うのです。しかし、なぜ、ギブ・アンド・テイクにせずに、先に、プラチナをトランクにつめて、ホテルに置いておいたんでしょうか？」

「勝手に想像すると、相手が用心深いので、五人組のほうが、相手を安心させるために、先に、見せ金として、二億円相当のプラチナを、ホテルに置いておいたのではないかと、思うのです」

「二億円相当のプラチナは、大金ですよ」

「そうです。大金です。しかし、千石ファンドが五十兆円だったら、二億は小銭になります」

と、十津川は、いった。

翌日、旅館で朝食をとっている時、十津川の携帯が、鳴った。

相手は、青梅の清心院に張り込ませている刑事二人のひとり、日下刑事だった。

「何かあったのか？」

と、十津川が、いきなりきいたのは、千石典子のことが、あったからだった。

「千石典子は、安静にしています。小暮という精神科医が、特別に治療にあたっていますが、彼女の精神は、現在安定していますから、このまま治療をすすめれば、一年以内にかなりよくなるだろうと、いっています」

「それだけか？」

「その小暮医師が、昨日から、行方不明です」

と、日下が、いった。

「ただ、休んでいるだけじゃないのか？」

「自宅マンションにも、いませんし、休暇届も出ていません」

「完全な行方不明か？」

「そうです」

「どんな医者なんだ？」

「年齢五十歳。京大医学部を出たあと、ハーバード大に留学。優秀な精神科医でしられています」

「野心家か？」

「ここの院長は、小暮医師は、いつか、ここを出ていくだろう。野心家だからねと、いっています」

「行き先は、まったくわからずか？」

「わかりません」

「よし。とにかく捜せ。私と亀井刑事も、すぐそちらへいく」

と、十津川は、強い口調で、いった。

そのあと、十津川は、このことを、吉川警部に話した。

「この小暮医師は、明らかに、治療にあたっている千石典子から、何か、金儲けになる話をきいたんですよ。それを売ろうとしています。相手は、例の五人だと思います」

「危険ですね」

「そうです。危険です。たぶん、時間との勝負になります」

と、十津川は、自分にいいきかせるように、いった。

第七章

最後の賭け

1

十津川は、これは間違いなく事件に関係あるとみて、山形から急ぎ戻り、直ちに亀井を連れ、清心院を訪ねていった。そこで、失踪した小暮医師のことをきいた。

「年齢は五十歳。精神科医としては、日本でも十指に入る人です」

院長が、十津川にいった。

「小暮医師は、いつから、千石典子の治療にあたっているんですか？」

「彼女が、ここに運ばれてきたのは、五年前ですが、その時に、小暮医師のほうから進んで、自分が治療にあたりたいといい出したんです。その時から、ずっと小暮医師が千石典子さんの治療にあたっています」

「小暮医師は、五十歳。間違いありませんね？」

「間違いありません」

「それでは、太平洋戦争には、関係ありませんね？」

「年齢からみて、関係ないと思いますよ」

「小暮医師の父親にあたる人は、どういう人ですか？」

と、亀井がきいた。

「今から七年前に、九十歳で亡くなった写真家ですよ」

「七年前というと、千石典子がここに入院する前ですね？」

「そうです。二年前です」

「小暮医師の父親の名前はわかりますか？」

「確か、小暮良太郎《りようたろう》です」

「七年前に、九十歳で亡くなったといえば、こちらは、間違いなく戦中世代ですね」

「そうでしょうね。何かの時に、小暮医師にきいたんですが、父親は今もいったように写真家で、そのため、中国戦線や東南アジアの戦場に、カメラマンとして走り回ったときいたことがあります。報道カメラマンです」

と、院長が答えた。

「どんな写真を撮っていたのか、写真を見たことがありますか？」

「いや、見たことはありません。小暮医師が、あまり父親のことを話したがりませんでしたから」

と、院長がいう。

「小暮医師の住まいは、この近くですか?」

「近くのマンションですが」

「それで、小暮医師の家族は、今どうしているんですか?」

「家族はいません」

「しかし、現在五十歳でしょう?」

「そうですが、うちにきた時には四十代でしたが、子供がなく、奥さんも病死して、ひとりでマンション暮らしをしていましたね」

「小暮医師のマンションに、案内してもらえませんか?」

と、十津川がいった。

院長が案内してくれたマンションは、青梅駅の近くにあった。八階建ての、マンションである。その最上階に、小暮医師が住んでいた部屋があった。810号室。角部屋である。十津川は管理人に警察手帳を見せて、開けてもらった。3LDKの広い造りだが、奥の一部屋は、小暮医師の部屋というよりも、彼の父親の部屋になっているのがわかった。

六畳の洋間だが、そこには、小暮良太郎が撮った写真集や、あるいはフィルムが、きちんと整理され棚に収まっていた。戦中から戦後にかけての膨大なフィルムである。

十津川が、興味を持ったのは、報道カメラマンとして、中国戦線から東南アジアまで、部隊と一緒に動いて撮った写真、それから、戦後の日本を撮ったフィルムだった。

ひとりで見るのは大変なので、十津川は、すぐに部下の刑事たちを呼んだ。

全員で、十津川を入れて七人。それで、部屋にあったフィルムと写真を全部調べることにした。

「警部は、どんな写真を捜しているんですか?」

日下刑事が、きいた。

「わからないな。今回の事件に関係があると思える写真ならば、どんな写真でも、見てみたいよ」

と、十津川はいった。

七人の刑事によって、写真の探索が始まった。厖大な数なので、時間がかかるのを覚悟していたのだが、意外に早く見つかった。十津川がほしがっている写真が、一冊のアルバムになっていて、そのなかに収まっていたからだった。分厚いアルバムだが、表紙には何の文字もなかった。そのため、何の期待も持たずに、ページを繰っていったのだが、そこに貼られていた写真を見て、十津川は、小躍りした。日中戦争から太平洋戦争、そして、戦後の風景を撮った写真まで、貼られていた。十津川が小躍りしたのは、中国戦線での戦闘の写真と一緒に上海の街の写真があり、さらに、千石商会の写真、そして千石亜細亜の写真まで収まっていたからである。

戦後になると、千石商会の社長・千石亜細亜を追いかけていることが、よくわかる写真の配列になっていた。モデル時代の千石典子の写真も何枚か、アルバムに入っていた。千石典子の写真と並べて、千石亜細亜とその息子で、典子の父親である千石太平洋の写真も、貼ってある。中国の上海で撮った相手を、戦後の日本で撮ったという写真である。千石商会の千石亜細亜と千石典子の写真を、並べて貼っているのだ。

そこには〈祖父と孫〉と注が書かれていた。いかにも、見つけたぞ、という気持ちが入っている感じの文字だった。その写真を見ていくと、ひとつのストーリーができていた。

小暮医師の父親、小暮良太郎は、戦争中アヘンを扱っていた千石商会と、社長の千石亜細亜を撮りまくっていた。たぶん、千石商会が、アヘンを扱っていたことをしっていたのだ。戦後になると、今度は、千石亜細亜の子孫がどこにいるのかを、探し歩いた。が、なかなか見つからなかったのだろう。その頃、千石亜細亜の息子の太平洋や、孫の典子たちは、千石商会の社員だった小西大介の祖父がやっていた、東北の小西果樹園に隠れていたからだ。その後、小暮良太郎は千石太平洋とその娘、典子を、カメラを持って追いかけたに違いない。

「小暮良太郎は、なぜ千石商会に興味を持ち、戦後になっても、千石亜細亜の子孫がどこで何をしているのかを、調べていたんでしょうか？」

と、刑事のひとりがきいた。

「最初は写真家としての興味、報道カメラマンとしての仕事のため、上海にある日本の会社として千石商会を写真に撮り、千石亜細亜や社員の写真を撮っていたんだと思う。ところが、そのうち、日本の軍隊がアヘンを集め、それを民間の千石商会に預けて売らせ、戦費を稼いでいた。そうした裏の動きに興味を持ち、千石商会を追いかけていたに違いないね。問題は、戦後なんだよ。小暮良太郎は、戦争が終わってからも、千石亜細亜や、その子孫を探していた。そして、とうとう、千石典子がモデルをやっているのを見つけた。小暮良太郎の、戦後の行動については判断が難しい。戦後も戦争とアヘンに興味を持っていたのか、それとも、ほかの理由があったのかはわからない」

と、十津川がいうと、亀井刑事が、

「小暮良太郎の息子の小暮医師ですが、こうして、父親の撮った写真を大事に取っておいたところを見ると、彼は、明らかに父親から、アヘンの話をきいていますね」

「その点はまったく同感だ。これは大事なことなんだが、五年前に上野公園で倒れていた千石典子が運ばれてきた。清心院の院長の話では、小暮医師のほかにも精神科医がいるので、誰が千石典子を担当するのか決めていなかったが、小暮医師のほうから、この患者は自分に任せてほしいと、いったらしいんだ。そこが問題なんだ。たぶん、小暮医師は、その二年前に亡くなった父親から、千石典子の写真を、見せられていたんだと思うね。だから、運ばれてきた千石典子を見て、自分の父親が必死に探して、写真を撮っていた女だと、すぐに気がついたんだ。それですぐ、自分に治療を担当させてほしいと、院長にいったに違いないと思うね。したがって、小暮医師は初めから、今回の事件に首を突っこんでいたんだ。私はそう思っている」

と、十津川がいった。

清心院の院長が、茶菓子を持って、様子を見にやってきた。十津川に向かって、

「何か見つかりましたか？」

と、きく。

「おかげで、捜査に参考になるものが、見つかりました。そこでおききしたいんですが、小暮医師は、何か野心のようなものは、持っていませんでしたか？」

「そうですね……。もう五十歳で独身ですから、自分の病院を持ちたいと、いっていました」

「どんな病院ですか？」

「最近流行りの、介護付きの老人ホームだといっていました。話をきくと、七年前に亡くなった、お父さんが生きていらっしゃった頃、これからは、父親のような老人が多数出てくるから、ひとりで入居できるような介護付きの老人ホームを、やってみたい。そういっていました」

「しかし、そのためには、資金が必要じゃないですか？　介護付きの老人ホームとなると、五、六十億は必要でしょう。そのための資金を、小暮医師は持っていたんですか？」

「いや、持っていなかったと思いますよ。うちでは、多額の給与を払えませんから」

「それでも、介護付きの老人ホームを、やりたいといっていたんですか？」

「そうなんですよ。それに必要な資金はどうするのかと思って、きいたことが、あります」

「そうしたら？」

「宝くじが、何本も当たればいいんですがね、といって笑っていましたね」

「それで、小暮医師は、宝くじを買っていたんですか？」

「いや、買ってはいなかったと思いますね。ああいうものは、当たらない。特に、自分はああいうものに当たったことがない。くじ運が弱いんだと、いっていました」

「それなのに、介護付きの老人ホームをやりたいと、いっていたんですね？」

「そうです。ひょっとすると、資金について目処《めど》が立っていたのかもしれません。私にはわかりませんが」

と、院長がいった。

2

十津川は、小暮医師が拉致されたとは思わなかった。清心院のなかに、争った形跡はなかったし、小暮のマンションにも、なかったからである。

とすれば、自分のほうから、姿を消したとしか考えられない。

「ただ、院長や同僚の医師、看護師にも行き先を告げていないとなると、まともな相手に会いにいったんじゃないだろう」

と、十津川はいった。

「やはり、千石ファンド関係ですかね？」

と、亀井がいう。

「小暮医師の父親が撮った写真を見れば、その可能性が強いね」

「相手は、例の五人の男たちですかね？」

「小暮医師は、介護付きの老人ホームを造りたがっていたというから、相手は、大金が自由になる人間だろう。五人の男たちなら、二億円相当のプラチナを自由にできるだけの金を持っているからね」

「しかし、小暮医師がただ会いにいっても、五人は、一円だって出しませんよ。連中の狙いは、莫大な千石ファンドですから」

「情報ですね。小暮医師は、五年間、千石典子の治療に当たっていたわけですから、彼女が、小暮医師にだけ、何かを話したかもしれませんし」

と、日下刑事がいう。

十津川は、もう一度、院長に話しかけた。

「小暮医師は、本気で、介護付きの老人ホームを造ろうとしていたんですか？」

「今から思うと、真剣だったと思いますね。新聞なんかに、介護付きの老人ホームの写真が載っていると、切り抜いていましたから」

「そのために、どのくらいの資金が必要かも話していましたか？」

「彼は、最初の老人ホームは、この青梅に造り、全部で日本のなかに、六カ所造るのが夢だといっていましたね。全部で五、六百億はほしいともいっていましたよ。だから、彼の夢なんでしょうね」

「小暮医師が失踪する前ですが、誰か、彼を訪ねてきたことがありますか？」

と、十津川がきいた。

「そうですね。男の人が、小暮医師を訪ねてきたことがあります」

「何回ぐらいですか？」

「一回だけです」

「その時、小暮医師が、その男に会ったんですか？」

「いや、ちょうど、小暮医師が休みの日でしてね。会わずに帰られました」

「名前や、どんな人間なのかわかりますか？」

「ええと、名刺をいただいています。なんでも、自分もこういう病院をやりたいと思っているので、病院内を見学させてほしい、ということで、ご案内しました」

「その男は、入院中の千石典子さんの顔も見ているんですか？」

「いや、院内をご案内しましたが、こういう病院なので、患者には会わせません」

と、院長がいった。が、北条早苗刑事は、

「でも、病室の入口には、そこに入っている患者の名前と、担当医師の名前も書いてありますから、それは、見られたんじゃありませんか？」

と、きく。

「そうですねえ。しかし、患者には会っていませんから、名前だけでは、どんな患者かわからないと思いますが」

と、院長はいった。

十津川は「そこは違う」と、いいかけてやめてしまった。代わりに、

「その男の名刺を見せてくれませんか？」

と、いった。

しかし、院長が見せてくれた名刺の名前は、十津川のまったくしらないものだった。

「それでは、こちらを見て下さい」

と、十津川は、用意してきた五人の男の顔写真を、院長に見せて、

「このなかにいますか？」

と、きくと、院長は簡単に、

「ああ、この人ですよ」

と、五人のなかのひとりを、指さした。

山下勝之、六十歳の写真だった。

3

（やはりか）

と、十津川は、苦笑した。相手は偽名の名刺を、院長に渡していたのだ。

「千石典子さんの病状は、どんな具合ですか？」

と、北条刑事が、院長にきいた。

「ゆっくりですが、よくなっていますよ。詳しくは、五年前から担当している小暮医師が、よくしっていると思うので、早く戻ってきてほしいと思っています」

十津川は、念のために、ほかの医師や看護師たちに、五人の写真を見せると、全員が、山下勝之の写真を指さした。

「この人物ですが、皆さんと、どんな話をしたんですか？」

と、十津川がきいた。

「小暮先生のマンションがどこにあるのか、きかれました」

と、看護師のひとりがいった。

「それで、教えたんですか？」

「いいえ」

「どうして教えなかったんですか？」

「最近、小暮先生は、理由はわかりませんけど、みんなに、自分のマンションは、誰にも教えないでくれと、いっていたのです。だから、院長先生も、教えなかったと思います」

「小暮先生のことも、いろいろときかれましたよ」

と、若い医師がいった。

「例えば、どんなことですか？」

「今、どんな患者を診ているのかとか、精神科医としては、優秀なのかとかです」

「それで、どう答えられたんですか？」

「患者については、答えられない。精神科医としては、優秀で、みんなが、小暮先生を尊敬していると、いいました」

「それは、小暮医師のいなくなる何日前ですか？」

「三日前だったと思います」

「翌日、小暮医師は、いつものとおり、病院にきているんですね？」

「そうです」

「男のことを、話しましたか？」

「ええ。あなたが休みの日だったので、残念がっていたこと、それから、院内を案内したこともです」

「それをきいて、小暮医師は、何かいっていましたか？」

「やっぱりきましたかといって、笑っていました。やっぱりという意味が、わかりませんでしたが」

「それだけですか？」

「ええ」

「その二日後に、小暮医師は、いなくなったんですね？」

「休診でもないのに、昼をすぎても見えなかったので、院長が心配して、マンションにいってみたら、どこにもいなかったんです。今日で三日、姿を見せていません。院長にしてみれば、五十歳の立派な壮年ですから、警察に、捜索願を出したらいいのか、迷っておられるみたいです」

「院長には、一応、捜索願を出すように、いっておいて下さい」

と、十津川はいった。

「しかし、あなたは、警視庁の警部でしょう？　その警部さんが、小暮先生の失踪について、ご存じなら、それでいいんじゃありませんか？」

「私は、殺人事件の捜査が専門の部署ですから、一応、捜索願を出してもらいたいのです」

と、十津川がいった。

小暮医師が、十津川の予想どおり、五人の男たちに会いにいったとすれば、警察が調べ始めたとわかれば、小暮の身が危なくなると、心配したからだった。

4

十津川は、すでに二人の刑事を、八重洲口《やえすぐち》のビル内にある五人組の事務所に、向かわせていた。

その二人の刑事から、連絡があった。

「現在ビルのなかですが、五人組の事務所は閉まっています。『休業』の大きな看板が下がっていて、誰もおりません」

と、いう。

「いつから、そうなっているんだ？」

「ビルの管理会社にきいたところ、二日前からだそうです」

「君たちは、そこにいろ。今、応援を送る」

と、十津川はいった。

こちらにきている日下刑事と、北条刑事を呼び、

「向こうにいったら、小暮医師が、三日前、五人に会いにいったと考えて、彼等の行動を調べてくれ」

と、いって、すぐ、八重洲口に走らせた。

そのあと、十津川と亀井は、もう一度、小暮医師のマンションに向かった。何か、見落としていたものがあるかどうか、気になったのだ。

そのひとつが、五人の男のことだった。小暮医師の父親、小暮良太郎は、戦争中は、報道カメラマンだった。日本陸軍と、アヘンとの関係に興味を持って、カメラ片手に、中国戦線を走り回り、上海では、千石商会や、社長の千石亜細亜の写真を撮った。

戦後も、千石商会を追いかけ、千石亜細亜の孫娘、千石典子を発見して、写真を撮った。

小暮良太郎が、なぜ、そんなことをしていたのか、彼が死んでしまった今となっては、想像するより仕方がない。

戦時中、陸軍とアヘンの関係をカメラで追っていたから、それが戦後、どうなったかをしりたくて追いかけ続けていたのか？

小暮良太郎の気持ちは、想像するよりないが、彼の息子が、清心院という精神科の病院の医師だったことが、戦争とアヘン問題を引き継がせることになった。

彼は、父親から陸軍とアヘンの話を、きいていたはずである。千石商会のことも、千石亜細亜のこともである。終戦の時、千石亜細亜と、その息子の太平洋たちが、中立国に預けていたとみられる、時価何兆円ともいわれる大量の基金を、日本に持ち帰ったこともである。あるいは、大量のアヘンを、ほかのものに替えていたかもしれないが、いわゆる千石ファンドというものが存在すると、小暮良太郎は考え、そのことを息子に伝えたと考えられる。

その話をきいた小暮医師は、金額の大きさにびっくりし、日本中に介護付き老人ホームを造る夢が現実化できるのではないかと、考えるようになったのではないか。

そこに偶然が重なってくる。

今から五年前、千石典子が、錯乱した状態で東京上野で発見され、小暮医師の働く清心院に運ばれてきたのだ。

院長も、ほかの医師も看護師も、千石典子が何者かしらなかったが、小暮医師だけはしっていた。

亡くなった父親が、写真に撮っていた千石商会の関係者、千石亜細亜の孫娘だと、小暮医師は気づいたのだ。そして、院長に頼んで、自分を担当医にしてもらった。

理由は想像がつく。

千石ファンドがあるのなら、その一部を手に入れて、夢だった介護付き老人ホームを造ることに違いない。

たぶん、小暮医師自身も、父親の残した情報をもとに、戦争とアヘンについて調べていたに違いなかった。

「最近、小暮先生は、ズームつきのカメラを買い、写真を楽しむようになっていました」

と、清心院の看護師のひとりが、十津川に教えてくれた。

その看護師は、小暮先生の趣味が変わったといっていたが、十津川から見れば、新しいカメラを使って、父を真似て、千石ファンドをカメラで追いかけていたのだ。

十津川と亀井は、小暮医師のマンションに再び入り、今度は、小暮医師の撮った写真を捜した。

アルバムにあったのは、父親の撮った写真である。戦時中の写真は、シロクロである。戦後は、カラーになったが、使っているカメラは、昔のフィルムを使うものだった。

それに対して、小暮医師が使っていたカメラは、デジカメである。

そのカメラは、マンションで見つからなかったから、カメラを持って、どこかへいったのだ。

小暮医師が、デジカメで撮った写真は、どこにあるのか？

十津川は亀井と捜してみて、やっと見つかった。小暮良太郎の部屋ではなく、日常、小暮医師が使っていたと思われる書斎にあった。

ノートパソコンのなかに、カメラから移されていたのである。カメラ自体に保存しておいてもいいわけだが、ノートパソコンに移したのは、写真を大きくして、見やすくしたかったからだろう。

十津川と亀井は、そのノートパソコンをゆっくりと見ていった。

かなり多くの写真が、そこに保存されていた。

最初に写し出されたのは、あの五人だった。

三〇〇ミリのズームで、遠くから撮っている。いわゆる隠し撮りである。

この五人について、小暮医師は、父親から、いろいろと教えられていたに違いなかった。

上海にあった千石商会には、千人の社員と五人の重役がいた。千石ファンドを手に入れようとすれば、いちばんの抵抗は、この五人、いや、正確にいえば、五人の子孫であると、小暮医師は、父親に教えられていたに違いない。

だから、五人の子孫を探し出して、隠し撮りをしたのだろう。

さらに、ノートパソコンを見ていくと、五人それぞれの住居や事務所などでの、一日の行動が、いずれも隠し撮りで、保存されていた。その写真が、何枚もある。

「小暮医師は当初、千石ファンドは、この五人が持っていると思っていたんだろう。だから、執拗に、五人を隠し撮りしている」

十津川は、パソコンの画面を見ながら、亀井にいった。

「そう考えるのが、自然でしょうね。私でも、この五人が、千石ファンドを持っていると考えますよ」

と、亀井もいう。

五人の持っている車や別荘などの写真も入っていた。

五人それぞれの、家族を撮った写真もあった。小暮医師は、この五人が現在の千石ファンドの持ち主なら、車や別荘などにそれを使っていると考え、カメラで追っていたのだろう。

「結局、小暮医師は、どう考えたんだと思いますか？」

と、亀井がきく。

「何しろ、千石ファンドの金額は、何兆円とも何十兆円とも考えていたんだから、写真に写っている車、住居、別荘などを見ても、とても、それだけの財産には見えない。それが、小暮医師の結論だったと思うよ」

と、十津川がいった。

このあと、清心院に入院している千石典子の写真が多くなる。

同じように、写真が多くなるのは、毎週、千石典子の見舞いにきていた、小西大介である。

小西も、小暮医師は、カメラで追いかけている。

海底から引き揚げられた「グズマン二世号」の写真も入っていた。

「こうした写真を見ていると、小暮医師の気持ちがよくわかるね」

と、十津川がいった。

「そうですね」

「彼は、千石ファンドの今の持ち主は、誰なのかをしりたかったんだよ。最初は、五人の男たちだと思っていた。しかし、この五人の車や住居などを見ていくうちに、違うらしいと、わかってきた。次には、千石典子と、毎週月曜日に見舞いにくる小西大介だろうと、考えた。だから、千石典子の治療を引き受けると同時に、小西大介を追った。しかし、小西大介の車は軽自動車だし、小さなマンション住まいで、とても千石ファンドの持ち主とは思えなかった。実は、私は、千石典子を記憶喪失になるまで痛め付けたのは、五人の男たち。次いで、清心院で襲ったのは小暮医師ではないかと考えている」

十津川は、そう真顔でいったあとで、少し嬉しそうな顔になった。

当然、千石ファンドを狙って、五人も動くだろうし、小暮医師もである。そうなれば、逮捕しやすくなるからだ。

5

日下と片山、それに、北条刑事の三人は、八重洲口のビルにきていた。

警察手帳を見せ、管理会社に、五人が使っていた事務所を開けてくれるように頼んだ。

最初、管理会社は拒否した。

「現在、使用しているオーナーの方の許可を得ませんと」

と、いうのである。

「では、すぐ連絡をとって下さい」

と、日下がいった。

管理会社の社員は、どこかに電話をしていたが、

「おかしいな。誰も出ません」

と、いった。

「そうでしょう。現在、行方不明だから、われわれが捜しているんです。早く見つけないと、殺される可能性もあります」

と、日下が脅した。

相手は慌てて、持っている鍵を取り出して、部屋のドアを開けてくれた。

三人は、周囲を見回しながら、事務所のなかに入っていった。

一見して、なかは乱雑で、片づけられていないように思えた。

「急いで、出かけたように見えるね」

と、日下がいった。北条刑事が、カメラを見つけた。三〇〇ミリのズームレンズのついたカメラである。

「小暮医師が、使っていたカメラに思えるわ」

と、北条刑事がいった。

念のために、カメラのなかに保存されている写真を、見てみることにした。

保存されていた写真には、病室の千石典子がひんぱんに写っていた。

ほかに、五人の車や住居、そして別荘。最後は、小西大介の写真だった。

写真のことを、日下が十津川に報告すると、十津川は、

「そのカメラは、小暮医師のものだよ」

と、いった。

「それでは、小暮医師は、五人に会うために、ここにきたことになりますね」

「小暮医師は、そこで五人に会い、どこかに、六人でいったんだ」

「どこにいったのか、わかりますか？」

「私たちも、そっちにいくから考えていてくれ」

と、十津川がいった。

十津川が着くまでの間、日下、片山、北条は、事務所のなかを調べ回った。

小暮医師と五人は、どこへいったのか。その手がかりを摑もうとしたのだが、見つからないうちに、十津川と亀井が到着した。

今度は、全員で捜すことになった。

応接室で、時刻表が見つかった。最新号である。

「彼等が、必要があって買ったものなら、ありがたいんだがね」

と、十津川がいった。

小暮医師を含めた六人が消えた。どこへいったのか？

時刻表を使ってから、どこかへ出かけたのか？

6

十津川は、賭けてみることにした。

「彼等は、出かける前に、この時刻表を見たと考えよう。時刻表を見たとすれば、東京駅から列車に乗っていった可能性がある」

「ここは、東京駅の八重洲口です。ここなら、近いところへいったとは思えません。車を使えばいいし、タクシーを使ってもいい。わざわざ時刻表を見る必要はありません」

と、日下がいった。

「列車を使って、かなり遠くへいったとすると、場所の特定が難しくなるな。遠くにいくほど、行き先が広がるからね」

十津川は、清心院に入っている、千石典子の顔を思い出した。

誰とも、何も喋らないというが、五年間も、彼女の治療に当たっている小暮医師には、何か喋ったのではないのか？

例えば、地名だ。それを小暮医師は、莫大な千石ファンドが隠されている場所と考えた。

しかし、彼には、そこにいって探すだけの資金がなかった。それで、その情報を五人に売ったのだろう。自分の取り分を、示した上でである。

「それにしても、五人はどうして、小暮医師の話を信じたんでしょうか？」

北条刑事が、首をかしげた。

「たぶん、二度目だったからじゃないかね」

「二度目というのは、どういうことですか？」

「小暮良太郎は、戦中から戦後にかけて、執拗に千石ファンドの行方を追っていた。そして、千石亜細亜の孫娘、千石典子を見つけ出した。だから、彼女の写真を何枚も持っている」

「その小暮良太郎は、七年前に亡くなっています」

「息子の小暮医師が、父の良太郎が持っていた情報を、引き継いでいた。特に、千石商会や千石家家族の写真の入ったあのアルバムは、父が残してくれた玉手箱に見えていたんだと思う。小暮医師は、そこで戦争とアヘン、千石商会について勉強したんだよ。その結果、五人の会なら、アルバムを高額で買ってくれるだろうと考えて、連絡した」

「その時、小暮医師が要求した金額が、二億円だったということですか？」

と、亀井がきいた。

「だが、五人は、それだけの現金を用意できなかったので、二億円相当のプラチナにした。たぶん、何かに使うので、それだけのプラチナを持っていたんだろう。取り引き場所は、あのホテル『グズマン二世』。五人は、それをトランクに入れ、一時的な管理は、船の持ち主の藤井観光に頼んだ。それで、藤井観光の課長の柏原恵美が、トランクと同じ部屋にいたんだろう。五人は、小暮医師と三月十二日か十三日に会う予定だったが、その前に、東日本大震災が発生したんだよ」

と、十津川がいったが、そこで会話が止まってしまった。

六人が、どこへいったのか、依然として見当がつかなかったからである。

「あまり自信はないんですが——」

と、北条刑事がいった。

「いいから、いってくれ」

と、十津川が促した。

「六人が、一緒に出かけたと考えます。東京から離れた場所だとすると、六人分の切符の手配が必要です。同じ車両の同じ区間の切符がほしいとすると、六人分の切符を買うのが普通です。もし、新幹線の、それもグリーン車の切符なら、六人の誰かが東京駅の窓口で、買ったんじゃありませんか？　そう考えたんですが」

と、北条刑事がいった。

「よし。駅にいって、確かめてみよう」

十津川が、すぐ応じた。

全員がビルを出て、東京駅に向かった。

窓口へいき、そこで六人の写真を見せ、ここ二、三日の間に、六人分の切符を買わなかったかをきいた。

「たぶん、グリーン車の切符だと思います。席も、かたまった席を選んだと思います」

と、北条刑事がいった。

彼女の想像は、当たっていた。

五人の男たちの山下勝之に思える男が、山形新幹線の切符を、昨日、六枚買ったことがわかった。

本日の六時一二分東京発新庄《しんじょう》行の「つばさ121号」のグリーン車である。

終点の新庄着が、九時五五分になっている。六枚の切符は、新庄までである。

しかし、十津川は、六人が、新庄にいったとは考えなかった。

「行き先は、たぶんさくらんぼ東根だ」

と、十津川はいった。

「そういえば、東根に、小西大介の父親がやっている、小西果樹園がありましたね」

亀井が、思い出すようにしていった。

「小西果樹園の人たちは、千石ファンドのことを、しっていたんでしょうか？」

と、片山刑事が首をかしげる。

「それは、ないだろう。しっていたら、小西大介が探し回って殺されるはずがないよ」

十津川は、いった。

が、彼にも、東根にいけば、すべてが解明されるという自信はなかった。

とにかく、まず六人が東根にいったのか、それとも終点の新庄にいったのかを、調べなければならない。

そこでさくらんぼ東根にいってみることにした。

こちらは、一九時一六分東京発の「やまびこ157号プラスつばさ157号」である。

終点の新庄着は、二二時四五分。さくらんぼ東根着は、二二時一五分だった。

走り出した列車のなかで、十津川は、少しばかり焦っていた。

六人は、午前六時一二分の列車に乗っている。その時間差が、十津川をいら立たせているのだ。十三時間の差である。北条刑事の考えが当たっていても、六人は、千石ファンドを手に入れて、すでにどこかに、高飛びしているかもしれないのだ。

さくらんぼ東根に着いたのは、午後十時十五分、すでに周囲は真っ暗である。

もちろん、駅周辺に、五人と小暮医師の姿はない。

十津川は迷わず、タクシー二台で小西果樹園に向かった。

小西大介の父、小西大次郎に会うと、十津川は、五人と、小暮医師の顔写真を見せた。

「今日の午前九時二二分着の山形新幹線で、この六人がきたと思うんですが、見ませんでしたか？」

「いや、見ませんが」

と、いわれてしまった。

十津川は、一瞬、迷ったが、

「それでは、今日、この近くで何か変わったことはありませんか？」

と、きき直した。

「山の向こうに、大きな果樹園があります」

と、小西がいう。

「小西さんの果樹園ですか？」

「いや。瀬戸口《せとぐち》さんの果樹園です」

「しらない名前ですが……」

「実は、本当の持ち主は、千石典子さんです」

と、いわれて、
十津川は、思わず「えっ？」と、相手の顔を見返してしまった。

「戦後、千石さんの家族が、しばらくこちらにいたことがありましてね」

「それはしっています」

「山の向こうの大きな果樹園が、後継者がいないということで、売りに出されたことがあるんです。かなりの高額で、手を出す者もいなかったんですが、うちにいた、千石亜細亜さんがお買いになって、私が管理を頼まれたんです」

「それで？」

「以前、果樹園を売ってくれといわれ、あの果樹園は、私のものではないといって、断ったんですが、よほどほしいのか、そのあと、二回も売ってくれといわれました。いくら出してもいいともいわれました」

「よほど優秀なさくらんぼか、ぶどうができる果樹園なんですか？」

「広いですが、普通の果樹園ですよ」

と、小西がいう。

「いってみよう」

十津川が、腰をあげた。

小西が驚いて、

「今からいかれても、誰もいませんよ。真っ暗ですよ」

「それでも気になりますから」

と、十津川がいった。

小西が、トラックを出してくれた。

小さな山、というより丘を越えた時、突然、大きな機械音がきこえた。

暗いはずの果樹園に、煌々と明かりが点き、重機が一台、二台、いや六台も、低いエンジン音を響かせて、広大な果樹園の一角を掘り起こしているのだ。

十津川たちは、姿勢を低くして、じっと重機の動きを見守った。

乗っているのは、初老の男たち、例の五人と小暮医師である。

「写真に撮っておけ。証拠になる」

と、十津川が、日下たちにいった。

さくらんぼの樹が、次々に、倒れていく。

さらに、その根本のところを、重機が掘り起こす。

その光景を、投光器が照らし出している。

ふいに、一台の重機が止まる。ほかの重機も、次々に止まっていく。

運転していた男たちが、次々に飛び降り、自分たちが掘った穴に飛びこんでいった。

ひとりが、手に持ったものを高くかかげた。鈍く光る、金ののべ棒だった。

「いくぞ！」

と、十津川が小さく叫び、刑事たちは、果樹園のなかに踏みこんでいった。

六人は、自分たちの掘った穴のなかから、金ののべ棒を、摑み出している。

十津川を見て、彼等は、歓声をあげることを忘れて、呆然としていた。

「なるほど」

と、十津川は、彼等に向かって笑いかけた。

「この広大な果樹園の下に、千石ファンドが眠っているということですか」

千石亜細亜は、腐らない金に替えて、広大な果樹園の、さくらんぼやぶどうの木の下に埋め、孫娘の典子に遺したのだろう。

六人を代表して、松田英太郎が、十津川に食ってかかった。

「われわれは、日本の農業を絶やさないために、この果樹園を買い、作業を始めたが、偶然、金塊が見つかって、びっくりしているんだ。これでは、果樹園としては駄目だから、われわれは手を引くことにする」

と、いって、逃げようとするのを、日下刑事が押さえこんだ。

「この果樹園は、今も千石典子さんの所有だ。したがって、君たちは窃盗犯だ。逮捕する」

十津川は、いった。

そして、小暮医師が、こそこそ逃げようとするのを、

「小暮さん」

と、声をかけた。

「あなたにも、いろいろ、話をきく必要があるので、逮捕します」


（おわり）

この作品はフィクションであり、実在の個人・団体・事件とは一切関係ありません。

解説

山前　譲

十津川警部とその部下たちは疲れ知らずである。警視庁の所属だからホームグラウンドはもちろん東京都だが、事件の捜査の進展とともに、あるいは他府県の警察の捜査に協力して、日本各地を精力的に訪れてきた。そしてこの長編は題して『仙石線殺人事件』――『鉄道路線＋殺人事件』というパターンからして、鉄道ミステリーのメインルートを走っていく作品であるのは明らかだろう。

仙石線は宮城県の県都であり「杜《もり》の都」のキャッチフレーズで知られる仙台市から東へと向かい、人口が宮城県第二位で海産物を生かしたグルメが人気となっている石巻市までの、五十キロほどの路線だ。沿線には日本三景のひとつで多くの観光客が訪れている松島がある。その路線で殺人事件が起こった？　しかし目次を見ると「仙石線爆破事件」とあるのだ。前半の展開には意表を突かれるに違いない。

石巻市からさらに東に進み、日本有数の漁港がある女川町まで走っている鉄路に石巻線がある。その女川の海岸に豪華な客船が係留されて、ホテル〈グズマン二世〉として営業していた。北欧料理が名物で人気を呼んでいたその洋上ホテルを襲ったのが、あの東日本大震災である。優雅な姿のユニークなホテルは、宿泊客十二名、従業員十六名とともに、跡形もなく消えてしまったのだ。そして懸命の捜索が行われたものの、船体は見つからなかった。

それが五年後、ようやく深さ八十メートルの海底で横倒しになっていた船体が発見されたのだ。すぐに引き揚げが開始された。姿を現した船のホテル〈グズマン二世〉は、陸上の広場に置かれた。その作業を見守る人たちのなかに、ホテルを運営していた藤井観光株式会社の社員の若宮康介と、やはり同社の社員で地震発生時に船内で打ち合わせをしていて行方不明となった柏原恵美の妹の美紀がいた。ところが引き揚げ後に警察は不可解な行動を見せる。客室部分に青いシートをかぶせ、船体を厳重に警備するのだった。警察は若宮と美紀に説明する。鍵の掛けられた客室から白骨化した恵美の死体が発見されたのだが、その客室には二億円相当のプラチナがあったというのである。もちろんふたりに心当たりはない。そのプラチナが仙石線に事件を招く。仙石線を利用して仙台署に運ぼうとしたところ……。

一九八〇年に刊行した『終着駅《ターミナル》殺人事件』が翌年、第三十四回日本推理作家協会賞を受賞した。数多い西村作品のなかでも特筆される記念碑的作品である。その長編で事件の鍵を握っていたのが上野発青森行の寝台特急「ゆうづる7号」であり、青森市で事件が起こっていたせいなのか、十津川警部の事件簿には東北地方を舞台にしたものが目立つ。

亀井刑事が東北出身であることも大きく影響しているのかもしれないが、なによりも温泉の多い地域であることに着目したい。山形県などは全市町村に温泉のあることをセールスポイントにしていたこともある。振り返れば十津川警部に誘われて全国各地の温泉をかなり巡ったが、『十津川警部　ロマンの死、銀山温泉』ほか、東北各地の温泉はとりわけ印象的である。

宮城県にも、仙台の奥座敷と言われる作並温泉や秋保《あきう》温泉、奇岩で有名な鳴子峡に近い鳴子温泉、山形県との県境に位置する蔵王《ざおう》連峰の遠刈田《とおがった》温泉などと、挙げていったらきりがないと言いたいほど温泉がある。一方、人口が二〇二二年末で一〇九万人、東北で唯一の政令指定都市である大都会・仙台の中心街は、グルメスポットや青葉城といった人気観光地はあるけれど、トラベルミステリーのメインの舞台としては不利だったのかもしれない。

それでも、十津川と亀井が仙台駅で張り込みをしている『仙台駅殺人事件』や、仙台で病死した会社社長の手帳が死を招く『仙台青葉の殺意』などの作品があるのは、やはり仙台駅が鉄道網の要《かなめ》となっているからだろう。小学館文庫既刊の『十津

川警部　仙山線〈秘境駅〉の少女』は仙台から西へ山形方面に向かう路線で、十津川の捜査行が展開されていた。ＪＲ東日本の在来線ではほかに東北本線と福島いわき方面へ向かう常磐線があり、仙台空港鉄道や仙台市営地下鉄とも接続している。

そして仙台駅は東北新幹線のメインの途中駅である。乗降客数は東京駅と大宮駅に次いでＪＲ東日本の新幹線では第三位とのことだ。目的はそれぞれだろうが、仙台駅で下車した人は多いに違いない。そして仙石線に乗り換えた人も少なくないだろう。

その仙石線は宮城電気鉄道として仙台・西塩釜間がまず開業した。一九二五年六月のことである。石巻までの全線が開通したのは一九二八年十一月だった。東北本線と交差するため宮城電気鉄道の仙台駅は地下に設けられたが、そこに至る数百メートルの地下区間は、なんと日本初の地下鉄道とのことだ。その宮城電気鉄道がいわゆる戦時買収で一九四四年五月に国有化されて仙石線となった。そして現在はＪＲ東日本の路線である。

鉄道路線図を見ると東塩釜駅を過ぎて松島海岸駅まで、東北本線と微妙にクロスしているのは、このようにもともと別の路線だったからであり、後発の宮城電気鉄道はルートの設定に苦労したようだ。東北本線ならば最寄り駅は松島駅だが、ともに人気観光地の松島の利用客を当てにするのは当然のことだったろう。

洋上ホテルを沈没させてしまうような地震は、仙石線にも大きなダメージをもたらした。線路の流失や変形、駅舎や高架橋の損傷などで、全線不通となってしまったのである。まず仙台市内の区間が再開し、復旧が順次進められていったが、全線復旧したのは二〇一五年五月、震災から四年余りが過ぎていた。

それと同時に仙台から石巻方面へと新たな列車が走りはじめている。「仙石東北ライン」である。といってもまったくの新線ではない。仙石線の松島海岸・高城町《たかぎまち》間で東北本線と接続させて、東北本線↓仙石線という石巻への新しいルートができたのである。仙石線は駅数が多く、追い越し設備がないため、スピードアップがなかなかできなかった。その対策として考えられたのがこの「仙石東北ライン」だった。

乗車時間が十分ほど短縮されて仙台・石巻間が一時間以内で結ばれている。同じ仙台駅ながら、仙石線のホームは地下にあり（前述の宮城電気鉄道の地下駅とは別のもの）、「仙石東北ライン」のホームは地上にある。もちろん仙石線で仙台から石巻へ行くことも可能――なんだか鉄道トリックがすぐにできそうだ。残念ながら西村作品では叶《かな》わなかったけれど。

一方東京では、千石典子という女性をめぐる事件が起こっている。彼女は東日本大震災の直後、上野公園で倒れているところを発見されたのだが、記憶を失っていた。病院に入院し、小西大介という三十代のサラリーマン風の男性が毎週見舞いに来ていたが、記憶はいっこうに回復しない。

その典子が何者かに背中を刺される。幸い一命は取り留めたが、捜査に乗り出したのが十津川警部たちである。典子の過去はしだいに分かってきたが、小西の経歴ははっきりしない。そんな時、松島で殺人事件が！　十津川警部の捜査は宮城県に展開されていく。それはほどなくプラチナの謎とクロスしていくのだった。十津川の粘り強い捜査が明らかにしていくプラチナのルーツ――スケールの大きな事件の背後関係には驚かされるに違いない。

この『仙石線殺人事件』は二〇一七年五月に双葉社より刊行された。東北地方をよく舞台にしていた作者が、仙石線の全面復旧に際して送ったエールだったのではないだろうか。その後、太平洋戦争中の航空特攻の悲劇を背景にした二〇一四年十一月刊の『郷里松島への長き旅路』には、仙台から松島にかけて取材するルポライターが登場している。震災の爪痕をあらためて記憶にとどめるためにも、併読をおすすめしたい。

一九七八年十月刊の『寝台特急《ブルートレイン》殺人事件』を始発駅とした西村京太郎トラベルミステリートレインは、二〇二二年八月刊の『ＳＬやまぐち号殺人事件』でついに終着駅に着いてしまった。四十年以上にわたって走りつづけたその列車の、日本のミステリー界における功績は計り知れない。あらためて読み返してみれば、思い出の観光地や懐かしい列車と再会できるだろう。そして何よりもミステリーの醍醐味《だいごみ》を味わえるはずだ。

（やまえ・ゆずる／推理小説研究家）

本書のプロフィール

本書は、二〇一九年に双葉文庫として刊行された同名作品を加筆修正し、解説を加えて二次文庫化したものです。

小学館文庫

十津川警部《とつがわけいぶ》
仙石線殺人事件《せんせきせんさつじんじけん》

著者 西村《にしむら》 京太郎《きょうたろう》

二〇二三年五月七日 初版第一刷発行

発行人 石川和男
発行所 株式会社 小学館
〒一〇一-八〇〇一
東京都千代田区一ツ橋二-三-一
電話 編集〇三-三二三〇-五八一〇
販売〇三-五二八一-三五五五
印刷所 ―――― 図書印刷株式会社

この文庫の詳しい内容はインターネットで24時間ご覧になれます。
小学館公式ホームページ https://www.shogakukan.co.jp

ISBN978-4-09-407254-9